南京文化人才
Nanjing
Cultural Talent

文学之都·青春文丛

U0724860

晓行夜宿

李黎　著

南京出版传媒集团
南京出版社

图书在版编目（CIP）数据

晓行夜宿 / 李黎著 . -- 南京：南京出版社，
2023.12

（文学之都·青春文丛）

ISBN 978-7-5533-4295-5

Ⅰ．①晓… Ⅱ．①李… Ⅲ．①短篇小说—小说集—中国—当代 Ⅳ．① I247.7

中国国家版本馆 CIP 数据核字（2023）第 126331 号

丛 书 名　文学之都·青春文丛
书　　名　晓行夜宿
作　　者　李 黎
出版发行　南京出版传媒集团
　　　　　南 京 出 版 社
社址：南京市太平门街53号　　　　　　邮编：210016
网址：http：//www.njcbs.cn　　　　　电子信箱：njcbs1988@163.com
联系电话：025-83283893、83283864（营销）　025-83112257（编务）

出 版 人　项晓宁
出 品 人　卢海鸣
责任编辑　孙海彦
装帧设计　石 慧
责任印制　杨福彬

排　　版　南京新华丰制版有限公司
印　　刷　南京新世纪联盟印务有限公司
开　　本　787 毫米 × 1092 毫米　1/32
印　　张　6.75
字　　数　98千
版　　次　2023年12月第 1 版
印　　次　2023年12月第 1 次印刷
书　　号　ISBN 978-7-5533-4295-5
定　　价　49.00 元

用微信或京东
APP扫码购书

用淘宝APP
扫码购书

自 序

李 黎

　　书里有九篇小说，如果各个篇目的主角都是同一个人，那这个人只能是作者，这本小说集疑似一部自传。但作为小说，自传的成分也不至于很多，自我粉饰美化、自我想象期许的成分倒是很多。

　　严格来说，这本小说集是我写作全程的一次展现，从二十岁到四十出头，但又并非按照写作时间排序。第三篇《和父亲一起抽烟》是我早期的小说，写于一九九九年，至今看来还是有大触动，感慨今昔之别和时光飞逝，生活和写作都成了衡量时间的标准。最后一篇《黄栗墅之夜》是迄今最新的一篇小说，其他篇目因为服务于主角年龄的排序而相对混乱。

　　因此，这确实是一部关于时间的小说集。如果各个篇目的主角都是同一个人，他经历了乡村的童年、外出读书、高考以及落脚城市，一个典型的路径，"拔高"一点也可以上升到"编年史""心灵史"层次。同时主角毫无过人之处，无论作为当事人还是作为旁观者、记录者，都渺小且辛苦，一个典型的当代标本而已。

更多的，这部小说集是关于自己写作全程的一次梳理，涵盖了全部时间段，有写作初期的纯粹透明（即《和父亲一起抽烟》，但其中也夹杂着平庸和无望），也有和年龄保持一致的所谓成熟，如《黄栗墅之夜》（但也流露出作者本人对质朴气息一去不返且心知肚明的丧气）。

书中没有叫作《晓行夜宿》的篇目，这是我想要写但一直没有写出来的小说，电脑里有六七个版本，即六七个开头。有一两年时间，我对这个词极其痴迷，类似于少年时代痴迷于随身听或者某种行径。到这个年龄还能对一个词念念不忘，足以自我安慰。借助《文学之都·青春文丛》的机会，把这个词用为书名，算是如愿一次。

目 录

自己一生中遇到的最好的女孩，是在公交车上遇到的那些女孩。但是只有几分钟时间可以看着对方，最多几十分钟，之后，她们下车，永远也见不到了，永远。

一条狗的前途

大年初一，牛山一家去舅舅家拜年。天很冷，哪里都冷。这时的太阳，不仅对寒冷力不能及，而且对人间虚张声势。牛山先出发，十一岁的他骑上自行车冲向院子外面农村的广大天地，他的父母则在收拾，在思索带上什么样的东西给舅舅，对自己及舅舅来说都是恰当的。

　　到了。喝茶吃东西。舅舅一家人都笑容灿烂，有点过分和盛情难却。吃饭。饭桌上很冷清，牛山觉得大人们是演员，笑声那么大，动作很夸张，而自己像舞台和观众之间的假花，不敢欢笑也无心欢笑。

到了下午，牛山才觉得气氛活跃了一点，因为舅舅的女儿也就是自己的表姐回家了。她带回了丈夫、儿子和一辆汽车。她一到家，就大声和所有的人打招呼，说话，询问，笑。

表姐问牛山：最近成绩怎么样啊？

第二名。

不打架了吧，不把人打哭了吧？

其他人都笑了起来，牛山说：我把人打哭了，自己也难过得哭的。

表姐已经掉头和其他人说话了，她留给每个人的时间不多。这还得趁她的儿子正在鼾睡，没有闹着哭着。

舅舅劝牛山：你成绩好，但是千万不要打架，打人会让你不好好学习的。

连牛山的父母都跟着起哄，他们说：我们讲过他多少次了。

舅舅又说：长大了就好了。

表哥说：你们少给他吃点，让他长得瘦瘦小小的，看他还打不打人！

让他一打架就吃亏，看他还……表哥接着说。牛山有点烦躁，出去，在院子里，和外婆并排坐着，晒太阳。

舅舅家有一条小狗，名字叫小黄。这是牛山悄悄听来偷偷记下的。现在小黄就躺在外婆脚下，似乎它也是觉得其他地方不好玩，到外婆身边来安静一会的。牛山觉得冷，就站起来，走到小黄眼前，对它说：狗子！

小黄不理。牛山又说：狗子，说话！

外婆说：它怎么能说话呢。

牛山说：我知道，不要你讲。

牛山又说：狗子，小黄。

小黄听了，从地上站起来，看看牛山，眼睛透彻明亮，还有点鄙视。换成是人这样看牛山，牛山就要跟他打架了，因为是狗，没法开战。不过牛山还是一把把小黄抱起来，举到最高。

小黄在上面悄无声息。牛山把它放到胸前，看看，它还是那眼神，有点可怜。牛山就把它放下来，自己也坐在地上，用一只手摸着它的毛。刚才是外婆在中间，一边是牛山一边是小狗；现在变成了外婆、牛山、小黄。

　一声尖锐的哭声从屋子里传来，所有人都做好了各自的准备。表姐的儿子醒了，只见表姐快步跑向屋子，因为蹬地太用力，她高跟鞋的鞋底似乎具备了弹性，把她往前弹。表姐走近那哭声，哭声于是像水面一样被搅得动荡摇晃。过了一会，表姐抱着儿子出来了。儿子被抱在胸前，像昂贵的项链在晃晃荡荡。小家伙被放到地上，东张西望，但还在哭。一群人排着队在后面哄他。表姐排在第一个，表哥在表姐后面，他唧唧哑哑地说着，似乎在哄表姐；表哥后面的舅母似乎在哄表哥，表姐的丈夫似乎在哄舅母……

　表姐的儿子忽然看见了牛山身边的小狗，就口齿不清地喊着：狗，狗……

　于是大人就走过来，很客气地从牛山手里夺走小黄，放在小家伙眼前。小家伙一看，哇的一声又哭了。于是大人打小黄，撵它走。小家伙又说要，于是大人又把小黄抱过去。不知道谁找来一个纸箱子，把小黄放在里面，小家伙站在外面朝箱子里看，身子靠在他母亲的腿上，手舞足蹈。不知道是谁，拿来一根小木棍，让小家伙抓着，怂恿他打狗。

这样打，表哥拿过棍子，打了小黄一下示范给小家伙看，但是小家伙立刻哭了起来，不是心痛狗，而是心痛棍子被拿走。他一哭，棍子立刻回来。他挥舞着，棍子变成了指挥棒，大人都在团团转，而且有了生气和欢笑。

牛山很生气，继续坐在外婆身边，太阳的光线像钟表的指针一样缓缓划过天空，指向寒冷的傍晚。牛山他们如中午一样吃饭，但是因为多了这个小家伙，晚饭吃得比中饭声音大。几个大人不停地说着，说着。小家伙的晚饭几乎是和小狗一起吃的，他吃一口，就会吐出来，吐在小狗眼前，小狗悠悠地吃着，无所谓食物的来路。

最后，结束了，表姐一家要回城了。在漆黑的院子里大人们做着告别，像打架一样。小家伙要小狗，说要带走。于是舅母就把小狗抱进了汽车，还让它坐在前排。车子先是发出刺眼的白光，然后车身一阵颤抖，往自己放出的光里钻，越来越快，一会就看不见了，光还在。舅舅他们站在院门外看着车子开走，牛山忍不住问舅母：小狗被带走了？

带走了，他要就给他好了。舅母笑着说。

牛山狠狠地骂了舅母一声。

周围立刻安静下来，但是一声清脆的耳光像刀一样马上划破了这安静。牛山被父亲狠狠打了一个嘴巴，就像刚才他狠狠地骂舅母一样。牛山也不示弱，也没晕头转向，而是顺手拿起靠在墙脚那根撑院门的木棍，朝着父亲的小肚子左一下右一下，极其凶狠。

很快牛山被按住，被拖着走，被抱住坐在表哥的摩托车上，然后回到家，被按倒在床上，大人们一直把他往梦里按。

在睡着之前，牛山想着小黄，它的眼睛和它的柔滑的毛，还有动作。在从漏风的窗口灌进来的寒意里，牛山觉得有说不出来的难过。这个难过，和很多年后在大城市的公交车上，看见一个必将消失的女孩产生的难过是一样的。现在的牛山总是有这样的感觉：自己一生中遇到的最好的女孩，是在公交车上遇到的那些女孩。但是只有几分钟时间可以看着对方，最多几十分钟，之后，她们下车，永远也见不到了，永远。

一直到现在，我都抱着被子睡觉，被子也被我调教得很驯服，总能和我缠绕在一起。这个习惯，就是那天晚上的失眠造成的。

多年前，
我们的被子
就是我们的妻子

现在，几乎家家户户都用上了套被。一个套子，一床棉花，拉链一拉或纽扣一扣，两者就结合了，像便利店里的交易一样方便。而在几年前的很多年里，我们没有套被。被子，必须由一个被面、一个里子以及一床棉花胎组成，必须是一针一线缝起来的。

　　小时候，我经常帮母亲牵被子。至于为什么说"牵"，这是母亲的习惯用语，在她，属于约定俗成。

　　每年的年底和夏天，母亲会把家里的被子拆开，洗了，晒干，收起来。到了开春和入冬，她再把被子拿出来，全部铺在堂屋里，准备再次缝起来。堂屋很宽敞，母亲把两张夏天露天乘凉用的竹床抹干净，并排放好。然后，就把被子一一铺在上面。一般是三床，在竹床上堆得老高，依次是第一床被子的里子、第一床被子的棉花胎、第一床被子的被面、第二床被子的里子、第二床被子的棉花胎、第二床被子的被面、第三床被子的里子、第三床被子的棉花胎、第三床被子的被面。最上面还放着针线，针是大头针，线是很粗的白线。这看上去很混乱。

我这样写，你看得一定很烦，是的，小时候我看着这么多被子堆在一起，也感觉很烦，觉得毫无头绪，敬佩母亲能把它们理清楚，而且缝好。

在装被子之前，棉花胎要在外面好好晒一晒，这样睡起来舒服。于是，母亲自然会在那些阳光充足、风和日丽的日子，把一家人睡的被子缝好。于是，我所有关于牵被子的记忆，都落实在晴朗、微风的日子里。那时的生活似乎就是幸福的生活。平日里一直谨慎地关着的大门，那个时候是敞开的，外面是乡下的田地、村庄和树，有时候，看着外面，能突然看见一片树叶在门口飘过，从大门的上头沿对角线飘到另一边的地上。有时候还有麻雀、燕子划出灰色的轨迹从门口飞过。

母亲缝被子，我是帮手，先是帮忙把沉重的棉花胎从外面的绳子上抱回家，然后照指示分开放，等母亲铺好里子之后，再把第一床棉花轻轻放上去，第二床、第三床也是如此这般。放好之后，还要和母亲一起，把里子拽直，把被面理平整，这，就是母亲所说的"牵被子"。

而牵被子的关键是，要把棉花胎放在里子的正中央，这样才好缝，然后要把被面放在此前两者的正中央，这样缝好之后才好看。

所谓里子，不过是一床普通的床单，但是它一定要大，要足够把棉花胎包起来，而被面就很小，有的还是丝绸的，看上去像现在女孩的紧身衣，弹性十足，一碰，就会歪歪扭扭。用母亲的话说是"拿不上手"。所以，母亲缝了很多年被子，都离不开我的帮忙。我围着竹床走来走去，关照这里那里，整理边边角角，十分自豪。这是劳动的自豪。

某一年秋天的一天，母亲又如以前一样，准备把即将要盖的被子给缝起来。她先要拖地，堂屋的水泥地面会被拖得明晃晃的，看上去很舒服，想躺下来睡睡，而地上的水发出的清香和微微的腥味尤其好闻。然后把竹床抬放在一起，竹床很轻，虽然我们已经在它上面睡了很多个夏天，但是它并没有吸纳我们的体重和我们在夏夜里所说的话。接着，就是把已经晒了一天的被子从院子里抱回来。这个工作由我来做，我乐意做点"苦力"，更想闻一闻被子上轻微的煳味。

　　那是一个秋高气爽的星期天，适合缝被子，也适合打架。上午，母亲就关照我下午不要出去，等着帮她牵被子。我有点不高兴，因为我已经和村子里其他几个人约好了，下午去江边村后面的山上打架。那将是一场壮观的战斗，一场在本地被认为是"划时代"的战斗。我们这个行政村的十六个小村子都有人马参加，十六个村子的人结盟；对方是渔业大队的人，他们虽然没有像我们大队一样分成那么多小队，但是人数也不少，尤其是他们中有很多超龄的人，还有很多一贯非常凶的人。

　　打架的原因，其实是没有原因，人与人之间互相看着不顺眼，就决定解决这个不顺眼，知道的人渐渐多起来，他们都想参与，唯恐落后，于是便演变成地域性的大规模战斗。仅此而已，没有深仇大恨。

母亲的吩咐让我去不了，我有点生气，但是，我其实害怕去，谁都不知道会打成什么样，按照以往的经历，双方的"战斗"模式是：勇猛的人先往前冲，其他人跟着一哄而上，把对方赶跑，占据那座背靠长江的山头，而对方会在稍微休整和积蓄之后，像本方刚才做的一样，由英雄的孩子王在前冲，其他人在后面，来抢这个山头。偶尔，也会发生肉搏，主要是推搡。

在一方往上冲时，对方如何阻止？那就是用土块，那山上遍地都是土块，而且是黄土块，硬邦邦的。万一被砸死了怎么办？砸伤了也不好。要是和人直接打起来，是不是会吃亏就很难说了。虽然我的两个表哥是渔业大队的主力，但打起来谁都不会顾谁。所以，我其实很害怕，因此，我在犹豫。

到了下午，午休过后，母亲开始忙碌了，主要是拖地。我在房前屋后闲逛，似乎家某处埋有宝藏似的。

我家在村子最东边，门前偏西有一个池塘，东面是稻田，后面，也就是北边是山，一条小路就在我家院子上方，西边是邻居家，一大排红砖墙背后住着四户人家。而我家则是前面三间平房——两边卧室中间堂屋，都很宽敞。后面是左右两排小的房子，有三十个平方米。一边是厨房和柴草间；另一边的两间房子，里头一间是放农具的，外面一间是打麻将专用。两排小点的房子之间就是院子了。我家的格局像个四合院，不过是前后颠倒了而已。

　　母亲忙的时候，我在屋子和东边的稻田之间的空地上玩，那里有两个草垛，两排水杉，一个鱼塘和几条小沟，还有一个化粪池，我就在化粪池旁边挖蚯蚓，打算黄昏时到山上的水塘里去钓鱼。

　　但是母亲大声阻止了我，说我搞得这么脏，怎么帮她牵被子。我想想也是，钓鱼对我来说是很困难的事，很多次和表哥他们一起钓鱼，他们不断提竿，我长时间一动不动，像个好学生。

　　那我还能干什么呢，拿出弹弓打麻雀，或者把堂屋门前地上的杂草除了，这些，想必都会遭到母亲的阻止，因为都会弄脏手脚。于是我站在那里发呆，靠在墙上，看着东边稻田尽头的山冈，那上面有一大片松树林，而旁边有一棵古柏树，像一个大绿球一样压在山冈上，已然存活多年。父亲说它有四百年，三爷说它有八百年，秋生说它有一千年，那天，我觉得它有两千两百年了，因为四百加八百加一千等于两千两百。

后来我回到屋子里，打算看书，当时我看的书是：《童林传》《罗通扫北》《七侠五义》《杨香武三盗九龙杯》等，还有更多，我已经不记得。

在我刚刚捧起书，从小一起玩大的叶辰就跑来找我。我知道，他来找我是让我去打架的。我们这个村子的小伙伴不多，就五六个人，在所有的十六个村子里，属于最少的那一批。而其中都要靠我撑着才能不被人欺负，不是说我多厉害，而是因为我母亲是学校的老师，两个表哥又是渔业大队最狠的几个人之一，我才得以无所顾忌，叶辰他们也跟着沾光。

他进来，母亲不太高兴，因为她刚刚拖了地，叶辰脚下再干净，也没有刚拖的、反着光的地面干净，而叶辰，也不够聪明，明明看见了这些，却一点也不注意，连起码的踮着脚、东倒西歪，装作小心翼翼的样子都没有做出来，大摇大摆就走进了我的房间。母亲很生气，于是大声说了一句：李黎你不要出去！

我看看叶辰，他也听到了。这次他聪明了，对母亲说：朱老师，我不是来找李黎出去玩的。而母亲已经忙她的去了，估计没有听到叶辰的话。

我就对他说，你还是走吧，和王伟、马国强他们去吧。叶辰把我正在看的《童林传》拿起来看看，似乎在估计它的重量，然后放下来，走了。

但是，没有过几分钟，叶辰又来了，这次，连我都有点生气。因为他一走，我就觉得今天必然只能在家里了。不是说我想待在家里，而是我不知道我自己想去哪里，而叶辰又在这个时候跑来打搅我，让我更加举棋不定。于是我对他说：你还不快去啊？

他支支吾吾，说不上什么，意思很明显，就是想让我去。我突然很坚决地对他说：我不去打架，让他们打好了。我表哥他们肯定也去，叫我怎么跟他们打。

叶辰又流露出失望的表情，又把《童林传》拿起来看看，还问我：你有没有其他的书，借给我看看，我也不去了。

我说没有其他的书了，这本书，等我看完了就借给你看。

突然我想起什么地对叶辰说：你可以带上弹弓，一路走过去，在路上拾点小石子装在口袋里，能用上。

我其实是在教唆他，让他拿弹弓射人，然后吃大亏，遭报复。但是他似乎决心不去了，坚决地说我不去了。不去了，当然用不着弹弓，不然我可以把我的弹弓借给他，让弹弓代表我去打架。

叶辰走了没一会，母亲就收拾停当，准备缝被子了，她让我出来，帮忙。我就出来，帮忙。母亲害怕我不高兴，就对我说：不要成天出去跟那班人混，一天都不要出去，礼拜天就在家里看看书，帮帮忙，这才是好学生。我很鄙视地赞同她的话。

可是，正当我们开始牵被子的时候，我们听到了门外面传来说话声，原来是叶辰和王伟、马国强一起来了。马国强是又一个和我从小玩到大的人，但是我们都不喜欢他，觉得他奸猾，而王伟则比我们小，假如我们当时都是十岁，那么他最多八岁。

根据叶辰刚才的表现，我觉得，是王伟、马国强在池塘边的小路上遇到了叶辰，怂恿他一起来找我，而不是叶辰主动去找王伟、马国强的。再结合我对马国强一贯的印象，觉得一定是马国强在搬弄是非，让叶辰来找我，让我去打架，并企图以此证明我是不是像平时那样厉害，或者其实是个胆小鬼。我心里给马国强记了一笔。

他们这次没有直接进来，而是在门外的樟木树下面，冲着堂屋敞开的门，喊我的名字，一声接一声，很没有必要地喊了好多声。

我走了出去，对他们说：我不去了，你们去吧。

你们走吧。

神经，你们还不走啊！

我生气了，骂完了还狠狠看了他们一眼，然后回到堂屋的竹床边。

我心想，你们再不走我就打你们了！

他们走了，母亲似乎听到了我的话，又在苦口婆心地教育我说：你不和他们玩，但是也不要得罪他们啊，你可以这样说，我要帮我妈妈做事情，真的走不开，你们想玩什么就自己去吧。你们玩得开心。

我觉得恶心，一点也不开心。和以往所有牵被子的时候不一样，那天我死气沉沉的，也不知道应该怪谁。

突然，有人拿土块往我家院子里扔，我和母亲走到堂屋的后门，朝后面的山上看，什么都没有看见，但是听见了有人踏着草地躲起来的声音。一片小竹林挡住了我们的视线，让我们看不见山上的小路上是不是有人，也不知道是不是有人躲在树背后。

正当我们转身的时候，又有几块土飞进来。母亲也没有太生气，而是鄙视地说：不晓得是哪个有人养没人管的在捣乱。肯定又是马国强，觉得我不够意思，就怂恿他们两个，拿土块往我家院子里扔。我又给他记上一笔，打算在以后漫长的岁月里慢慢治他。

他们没有继续扔土块，这大概也和我们没有反应有关。假如我们喊了起来，他们说不定反而扔得起劲。

回到屋子里以后，我忍不住和母亲说了，是叶辰他们扔的，一定是。估计母亲也已经猜到了，不想说而已。

后来，还是忍不住，我对母亲说，本来我和他们讲好了一起去山边村玩的。

有什么好玩的？母亲问我。

去打架，我们陈塘和渔业大队决战。

母亲笑起来，还决战呢，扯淡差不多。

我不作声，心里还是在犹豫，不知道是站在母亲身边帮忙，还是去站在山头上，去参加决战。母亲似乎知道我的全部想法，平静地说，牵被子吧，现在不学好，以后怎么娶老婆，现在好好学着牵被子，以后要帮老婆牵。

我扑哧笑起来，说还要多少年才能娶老婆啊，现在急什么。

从小看大！母亲强调。她又接着说：不管多少年，一眨眼就到了，你以为你现在小，老是以为还小，等长大了一看，过得这么快。

她的感慨我当时没有太多体会。她接着说，其实是在重复她自己的话：多做点事情，勤劳一点，不然怎么娶老婆，好吃懒做，结了婚也过不好，还是闹。你现在牵被子，以后自己说不定都能缝。

她不知道，没几年，全部用套被了。不过，套被确实没有乐趣，哪怕它是鸭绒被。

当我被母亲说得毫无还手之力的时候，叶辰他们三个又跑到前门，一个躲在广玉兰树后面，另外两个各自躲在一棵樟木树后面，拿起准备好的土块朝堂屋里扔，一块土被扔在了走廊的墙上，碎了。而另一块则飞进屋子，正好砸在竹床的脚上，掉在无比干净的水泥地上，碎成一大片土屑。这下，母亲生气了。不应该跟小孩生气，但她还是忍不住生气了，要知道，家里的清洁卫生是母亲最看重的事情之一，在她的生命里占据着非常高的位置。胆子也太大了，母亲说了一声，然后抄起硕大的扫把就走了出去。站在门口，她威风凛凛地问：哪个，人呢？叶辰你站住！

叶辰就站住了，母亲走到他面前，挥舞着扫把用力抽他的腿、屁股。这样强度的体罚，在学校里简直就是小菜一碟，而且母亲也知道扫把打人其实不痛，只要不是抽在脸上，打哪里都无所谓，跟没打一样。只是扫把体积大，高粱的穗子又是血红的，看起来很吓人。估计另外两个吓坏了。母亲打了几下，然后大声喊：王伟，你也给我站住！不要跑。

而王伟本来已经跑得足够远了，听到母亲的一声怒吼，吓得转身就继续跑，而他本来已经站在池塘边，一转身，一滑，就嗤的一声从水坡滑进了池塘，伴随着凄惨的叫声。这一下，我们都吓坏了，本来不知道躲在哪里的马国强也冒了出来，和我们一起，拼命跑到池塘边，看看王伟到底怎么了。

王伟掉进了池塘，本来可以爬上来，回家换衣服。但是他可能在滑下去的时候闭上了眼睛，进水之后又挣扎了几下，所以我们看到他时，他已经离吃水坡有一米多远了，想拉他上来已经不可能，他还在挣扎，真的吓坏了，可能也冻坏了。我们几个一齐喊，救命，来人，救命……

邻居家的几个本家叔叔都听到了，他们和他们的老婆们都跑了出来，一会就到了，王伟已经站在水里了，没有了危险，但是他走不动了，一动就会往下陷，他能做的，就是哭。

一个叔叔几乎是笑着脱掉长裤，穿着天蓝色的三角内裤小心地走进水里，只一两步，然后他把王伟拽了上来。我们都长出一口气。或许，还有点失望。我就希望王伟在水里多泡一会。

母亲也没有留他们，而是以老师的身份安排叶辰和马国强把王伟送回家。然后她和我说刚才的事。她的意思是，你看看，多危险啊，你以后不要在外面瞎跑，谁知道能出什么事！大白天的都能掉到池塘里去。要是你掉下去，再假如池塘又深，周围又没有人，你怎么办。看着自己被淹死！我真的被母亲说怕了。她边说边缝被子，渐渐地，我们又回到了如往年一样的在敞开的屋子里缝着被子的场景里了。

到了晚上，王伟家人到我们家来，不是问罪，当然也不是感谢。他们就是聊天的，乡下人非常无聊，聊天在他们的生活里非常重要。两对父母在堂屋里说啊说啊，搞得我根本没有办法睡觉。我躺在漆黑的卧室里，看着尖尖的屋顶，有点害怕。我于是就抱着香喷喷的被子，一边紧紧抱着，一边在胡思乱想。想打架的事，到底谁赢了，明天一定要问个究竟。或者，有可能没有打起来，下个礼拜天再打，那样我一定去。我还想：假如王伟被淹死了，我是不是不用上学了。他一死，母亲肯定有责任，那么她就做不成老师了，这样，我也不想上学了，我可以说：妈妈，你都不能去学校了，我还去干什么。

但想得更多的，是母亲的话。不是她的所有话，而是其中关于结婚的，我躺在床上，却能听到她在说：将来……老婆……多做事情……对老婆要好……

越想，我把被子抱得越紧，我越抱紧，它就越香。似乎，它就是老婆。

以后，我就一直习惯于抱着被子睡觉（而不是枕头，我嫌它短，且身材不好）。一直到现在，我都抱着被子睡觉，被子也被我调教得很驯服，总能和我缠绕在一起。这个习惯，就是那天晚上的失眠造成的。

我按响门铃之后，父亲过来打开院门，然后转身往回走。他穿着带两条白杠的蓝色棉毛裤和一件衬衫，身体显得软弱无力，像是一个被放大的婴儿。吃晚饭时，我和父亲面对面坐着，无话可说。

和父亲一起抽烟

一

妹妹出生时，我已经十六岁。当时父亲四十一岁，母亲三十九岁。那是一九九三年夏天的事。

转眼间妹妹就七岁了。她三岁起，母亲就带着她住到了西边的那间卧室，父亲一个人住在东边的那间。我从妹妹出生那年秋天起外出读书，一直到现在的大学三年级。周末回家，我就和父亲睡在东边的那间卧室，那里面有两张双人床，还有一套暗红色的家具和一台电视。寒暑假时，我一个人住在西边的房子里，房子很大，而且房顶特别高，抬头总能看到一个黑色的三角形。我经常要看书写字到深夜，在母亲的催促声中不耐烦地关灯睡觉。这段时间，妹妹和父母三个人住在东边的卧室里。妹妹到现在还是很小，性别可以忽略不计。

高中时，我每个月的生活费是固定的三百元，但这种情况只持续到高一结束。高二开学那天，父亲把我一直送到宿舍，这让我很不耐烦，我不时瞥他一眼，发现他的白色皮凉鞋上有几行纯蓝色的线。临走前，父亲掏出四百块钱。给你，细细花。我接过钱，把三百块放进箱子里，另外一百带在身上。我把父亲送出校门口细长的巷子，看着他挤上了朝西开的中巴车。然后，我慢慢地拐进了旁边的国营"星星商场"。我买了牙膏肥皂等生活必需品，又买了两袋黑龙江产的奶粉，指望它们能让我高一点，壮一点，后来，我又到二楼的服装部转了转，买了两件一直想买，但一直没钱买的白色全棉内衣。

回到宿舍，我冲了一杯牛奶，然后躺在床上看书，不时地和刚到的室友们打打招呼。吃晚饭时，我忽然想到，父亲现在已经满怀希望地回到了家中，又心神不安地调着为数不多的几个频道。他总是躺在床上捏着遥控器呼呼大睡，一觉醒来后茫然地看看屏幕，再调几个频道，最后按掉开关睡觉。

父亲忽然多给我一百块钱，可能是他工资涨了，或者一时冲动。他不会为这件事想很多，身边有很多的事情等着他去做。人一到了中年，就会感到疲惫不堪。

从我上高二起，家里就闹起了经济危机。我用钱从来都是糊里糊涂的，又对买书上瘾（后来又有了烟瘾）。这个危机不是周期性的，而是像一部刹车系统报废的车一样，一路朝下滑，一直朝下滑。看来，只有我找到一份好工作，赚到足够多的钱，才能把这部破车修好，才能让我的父母享受到社会发展带来的福。

在这些缺钱的年头里，妹妹一天一天长大。父亲有时会对她说："李琰啊，明天把你带街上卖掉，哥哥上学要钱，妈妈瞧病要钱，我看你能值一万块。"

妹妹已经能听懂父亲的话。父亲这样说，就是和她开玩笑的。等妹妹长大了我会告诉她，爸爸就喜欢开这种玩笑，我小的时候，他唬我，说我是他在外面拾粪时看到的，塞在粪筐里挑回来的。直到小学毕业，我才澄清事实，确认我不是父亲捡来的。

妹妹在听完父亲的话后，站在那里一动不动，面无表情，一会儿她的脸部器官就开始伤心地往一个地方挤，当脸成了一幅漫画的时候，猛然豁开嘴，哇的一声哭起来。这时父亲会抱住她，说，不哭，不哭，爸爸是瞎说的，我怎么舍得把李琰卖掉呢。后来，父亲还是开这个玩笑，妹妹听了还是哭，当父亲再用同样的话哄她时，她开始感到不能满足，觉得事情没有这么简单。她会一边哭一边问："不卖我卖哪个，又没钱？"

"卖哥哥，他用钱最多，把他卖了就什么事都没有了。"

一九九七年大年三十晚上，我们一家四口围着桌子吃年夜饭。父亲面南背北，身后是挂在墙上的巨幅山水中堂和对联，再往后，是我们这里连绵曲回的丘陵，再往后，是北方——一种权威。那天晚上，父亲给我们三个人每人一句话和压岁钱。他给了妹妹十块钱，这是根据四舍五入得出的数目。妹妹五岁之前父亲的确没有给过她压岁钱，那时她根本不知道自己和钱是什么东西。妹妹接过钱，把它交给母亲，这时父亲说："李琰啊，过年你就六岁了吧，六岁了，不准哭了，什么事都不能哭！"

妹妹在以后的日子里还是好哭，这是她最基本的权利。母亲一听到妹妹的哭声就烦，就气上撞。她不打妹妹，而是用话来吓唬她：再哭！再哭我把你扔到鱼塘里喂鱼！你再哭我走了！

父亲还是和妹妹开那个仿佛是一成不变的玩笑：李琰是个小魔头，明天把你带到街上卖掉！妹妹听了先是一愣，想必是想起了不准哭的命令，但她觉得委屈，还是要哭，还是要讲两句：你瞎讲，你舍不得卖我。

那我卖哪个呢？两个我养不起。

卖哥哥。

每次我回家，妹妹都要翻我的包，看看里面有没有买给她的东西，有一次，我把包拎在手上对她说，你不是要爸爸卖我吗，还指望我给你买什么东西？她哭丧着脸走了。一会儿工夫，她又兴高采烈地跑回来跟我说：

喂，哥哥，爸爸讲的，你这么大了，把你卖了你能跑回来，还能再卖！

　　每到寒暑假，我就一个人占据了西边的那间卧室。这些年来，我总是在学校像度假，放假回家拼命做事。高中如此，大学更是这样。高中和大学都是在繁华的都市里上的，这叫我怎么能安下心来看书写字。"在这个怪人心里，每时每刻都有暴风雨"，这是巴尔扎克形容于连的话，对我（和其他很多人）一样适用。回到山脚下的家里，关在高大苍白的围墙里，我才能安下心，像一个隐士。

　　我对大学一年级后面的那个暑假抱有极大的希望。我想要写五篇小说，分别叙述我的童年小学初中高中和大学一年级。无数的念头和无数的语句在我的头脑里闪现，然后被储藏，以后会再次冒出来。那时我觉得如果不能把我的想法表达出来，我会被憋死。我误以为我写小说是水到渠成的事，但那个暑假，我一直为没有烟和没有钱买烟而懊恼。

　　我是在高三前补课那段时间开始抽烟的。原因有两个，一个是觉得前途无望，具体地说是高考没有一点把握。另一个原因是我认为我正经历一次前所未有的爱情——那时我们很容易就把一些眉来眼去和一些自以为是的感觉当成感情。上大学后，我开始像成年人一样抽烟，像成年人一样向同学和成年人敬烟。经常是一口烟咽到肺里就要呕吐，张几下嘴，一串串口水顺着嘴角往下滑，身体像被什么掏空了一样。

大一下学期，我连续六个星期从家里拿一包烟到学校。这条高档香烟是我考上大学时父亲的一个朋友送的。我觉得这烟就是应该送给我的。后来，父亲知道了这件事，气得咳嗽不止。起先，他不认为是我拿的，就问表哥是不是他拿的，结果被呛了一顿。表哥笑嘻嘻地说，不是我拿的，也不会是李黎拿的吧，大学生怎么会干这种事。第七个星期，我一进家，父亲就用嘲弄的口吻对我说，你胆子真够大的，明明知道我会发现，你也敢拿。我含糊不清地说，你明知道我烟戒不掉了还不如给我几包烟，省得我自己掏钱买，反正你烟来得也很容易。我还想说，我买烟的钱还不是要你负担，想想没敢说。

暑假开始的前几天，我手头还有一点钱，可以自己买烟。但在家里抽烟严重不自由。父亲不想管我，母亲就没那么宽容，她知道一次就和我叫一次劲，也就是说，她天天和我斗嘴，让我不要抽烟。她说我肺还嫩，烟一熏就完蛋了，还说，你爸爸也不抽烟，怎么养个好抽烟的儿子。我每次都认真地和她应付，晚上接着抽烟。不抽烟谁写得出小说？我从不敢当着母亲的面抽烟。有一次，我肚子胀得难受，但就是不想上厕所，如果上厕所时不来一根烟的话，我认为这是一次失败的享受。但母亲就坐在去厕所的必经之路上。她坐在柿子树底下剥毛豆，要是让她闻到我身上有烟味，她就会感到悲伤，她会伤心地想竟然养了这么一个儿子，还会伤心地想到我的将来和她的后半辈子。为了一根烟，我忍了两个小时。

　　暑假的中期，父母开始对我抽烟一事保持沉默，最多来一两个短句。他们厌倦了天天对我晓之以理动之以情，但这时我已经没有烟抽了，也没钱。有一天，我在一个不常用的抽屉里发现了一包硬壳包装的烟。根据父亲的"成功"程度，他的烟不会是正宗的，也不会全是假的，我估计这包烟里有五根是假的。我拆开它，拿走一根，又拿走第二根——两天下来，我发现这包烟还是在原来的地方，就全部拿走，天天做贼样的去拉那个抽屉让我觉得累。这包烟抽完后，我又在家里到处翻。一天之后我发现，那个抽屉里又出现了一包硬壳包装的烟，我感觉连摆放的位置和上一包都是一样的。和上一包一样，我拿走一根，两根，三根，然后全部拿走。现在你知道，第三包第四包第五包会如期出现，五天一包。

我太佩服父亲了，他知道，只要不被锁起来，香烟放在家里的任何地方，我就一定能找到。他控制住每五天给我一包，意思是你晚上看书时抽几根，白天忍着，要是白天忍不住的话，就会影响到你晚上的工作，你好自为之。我发誓我一定要写出品质超群的小说。一天，父亲从抗洪前线回家吃饭，我连忙叫了声爸爸，给他拿碗筷，给他盛饭，就差给他夹菜了。我一边看着只顾埋头吃饭的父亲一边为他惋惜，他完全是生不逢时，又生活在这样一个地方。

根据我在学校里抽烟的情况看，一天四五根烟是远远不够的，何况每晚都要熬很久。暑假中期，我想出一个办法，我打电话给附近的老同学，请他们过来或者我过去坐坐。我告诉他们，我这里有大量的磁带和杂志，我不想要了，你们要的话尽管挑。很少有人会拒绝。然后我会在某个对方很高兴的时候再来一句：喂，帮个小忙，给我解决一包烟。也很少有人会拒绝。这些磁带和杂志，是让父亲感到钱不够用的重要原因之一。高中三年，我在它们身上花了近四千块钱，得到了什么我不知道。进大学后，我很快就和卡夫卡、海明威等人纠缠在一起。回家看看这些杂志磁带，鸡肋的感觉就上来了。我一狠心，决定将它们全部处理掉，就像在心里认为高中时的谈情说爱很傻一样。

　　我的这些老同学们显然比我落后多了，他们还沉浸在大众文化的怀抱里。这让我产生了一种优越感。虽然我的长相谈吐成就都不比他们出众，但我还是觉得我比他们成熟和优越。现在我的想法改变了一些，我只是和他们不同。那种纯精神上的优越感有时会让我哭笑不得。

二

父亲的经历比较平凡，几乎就是平庸。他生于一九五四年，生日是几月几号说实话我没有关心过。他在乡村生活至今，很早就参加家里的劳动和集体劳动。父亲上高一时，他的父母不让他念书，因为实在是太穷了。父亲就把两头的亲戚和村里的长辈都叫到家里，当着众人的面义正词严地教训了那两个不让他读书的人一顿。一年后，父亲又上学了，高中毕业后到生产队劳动，那是一九七六年的事。一九七八年恢复高考，父亲通过了预考，正式考试的时候没能通过，他已经把书本丢了两年，而且考的微积分以前又没有学过。然后就是上班。工作是城市用语，我们这里都叫上班，找个班上。应该说父亲是很聪明的，有了聪明，才会有一些运气。他先是和另外一个人合开一辆拖拉机，接着在村里的广播站当播音员，脱离了体力劳动，然后做了村里砖瓦厂的副厂长和厂长。你们应该知道，在一个山高皇帝远的山村，村办厂的厂长和村委会里的几个人都是响当当的人物，虽然他们的影响决不会超出本村本乡。

除了做家里的责任田外，二十几年来父亲没干过什么苦力活，加上他当厂长的那几个年头，吃喝不少，父亲就一路胖了下来。前些年，他不仅把二十五岁之前没有吃到的东西捞了回来，还灌了不计其数杯酒到肚子里面，把他的胃烧得千疮百孔。今年五一那天，父亲终于因为胃出血住进了医院，出院后又吃了两个月的药和煮红豆。

父亲住院那天，我猛然产生了一种土崩瓦解的感觉。家里的主心骨躺到了病床上，儿子二十一岁，花钱最凶最迫不得已的年龄，女儿七岁，用钱的日子还在后头。母亲呢？在我上高三时，母亲就被宣布丧失了一半以上的劳动力。跟大多数劳动人民一样，母亲从十来岁起就开始弯腰低头干活，脊椎被拉到最大限度，一拉就是三十年，她身上多处关节都有毛病，骨头粉化。虽然这两三年母亲还是和以前一样，自虐似的做着家务，以满足她的把我气得发疯的洁癖和减轻父亲的负担，但一些重活，比如挑粪浇菜割稻等等还是要父亲来干。

那天，母亲一边照顾父亲，一边怒不可遏地训斥他，像是在学校里教训她的学生："对自己不尊重，对家庭不负责任，那酒有什么好喝的，一坐到桌子上就是你一杯我一杯——"

"不喝了，不喝了"，父亲笑着应付母亲。这么多年来，父亲不知多少次惹母亲发火，但他从来都是知错就认，一直笑到母亲气消为止，然后继续"对自己不尊重，对家庭不负责任"。父亲也是对两件事十分上瘾，一是喝酒，另一件是打麻将。在我们这里，不干这些事你就会无所事事。

　　父亲生病住院期间我没有回家。一个周末的黄昏，我在学校里闲逛，一边看看初夏的女生，一边想着要不要回家。我在学校闲逛的时候心情总是好不起来，因为我看上去太不美了。戴着厚厚的便宜的眼镜；个头在一米六四和一米六八之间，这要看我穿什么鞋子和睡眠状况；穿的褂子裤子和鞋一直是一样像样点的搭两件地摊货；还有其他难看的地方。你们应该知道，这样一幅肖像，在二十世纪末的高等院校里过于异常。最终我决定不回家，利用两天的时间好好踢球，看电影。我打了个电话回家，父亲已经出院了，他在那头说：喂？

爸，这礼拜我不回家。

嗯！

我想着下面应该说些什么，是问他身体怎么样了，还是让他注意保重身体，我的反应一直是很慢的，说话要慢慢想。我刚想开口说话，那头传来咔嚓一声，父亲已经挂了电话，因为不耐烦或者想替我省点电话费。看来这个周末我是不能玩个痛快，我想。那段时间，我经常和一个叫王小融的女孩在一起，有人以为我们在恋爱。本来，在打过刚才这个电话后，我是想打王小融的呼机约她晚上看电影的，想想刚才我和父亲之间发生的事，我就不想往恋爱结婚生子这条路上挤。我一个人跑到河海会堂看电影，快要结束时，我一个人跑了出来，因为我害怕看到那么多的人，看到那么多幸福地走在一起的男男女女。我在昏暗的灯光下往回走，身影时而被汽车的灯光拉得很长，时而不知道在什么地方。那一刻，我孤独得像一个英雄，或者是一条青年时代的狗。

那天晚上我发现，不管有多困难，我还是要去爱一个女人，这是没有办法的事。

后来我还是回家了，为的是从父亲手中接过下个时间段的生活费。每次从父亲手中接过钱的时候，我都有一个心理活动的高峰。有时候，我想，为什么我的父亲不是一个富人，为什么他不是一个有权有势的人，为什么他的手上都是丑陋的皱纹和疤痕，为什么他一个月给我四百块而不是一千两千——但是在这个世界上，只有他一个人会年复一年地供我上学，只有他一个人会一个月接一个月地给我生活费。我不知道，在我四十岁的时候，能不能混得像父亲这样还算像个样子，不知道我到时候能不能拿出足够的钱供儿女。

回家那天，母亲她们学校的老师一起出去撮一顿，妹妹也跟去了。我按响门铃之后，父亲过来打开院门，然后转身往回走。他穿着带两条白杠的蓝色棉毛裤和一件衬衫，身体显得软弱无力，像是一个被放大的婴儿。吃晚饭时，我和父亲面对面坐着，无话可说。我长大以后和父亲在一起时就是这个样子，这里面有我们两个人性格的原因，有现实生活太烦人的原因，也有同性相斥的原因。那顿饭吃得我一肚子的火，我一直认为我是一个很聪明的人，但和父亲无话可说这个问题总是摆不平。一顿饭的时间，父亲只说了一句话："在外面酒少喝点，不要以为年轻就逞能，胃搞坏了比死还难受。"就是这样一句难得的话，我听了也觉得难受，我基本上不喝酒，只抽烟。我害怕父亲跟着来一句："烟也少抽点，多少人都是得肺癌死的。"父亲没说，只是皱着眉头吃饭。他老了，思维跟不上了，再往后，他需要我像照顾一个婴儿那样照顾他了。

其实我非常渴望能和父亲好好聊聊，比如，吃完饭，和父亲一人泡一杯茶坐在桌子边闲聊，随便聊什么都行，有很多事我还要向他学习。这样，在聊到一半的时候，我可以掏出烟拎一根递给父亲，轻松自如地说，爸，抽根烟。

第二天（星期六）晚上，我躺在床上怎么也睡不着，满脑袋都是不知所云的场面和事件。父亲的床就在一米远的地方，枕头上的中年男人的气味不时地飘到我这边。外面是五月的黑夜和大风。有时，我强迫自己不要想什么自己的私事和好玩的事情，强迫自己去想想父母，想想怎样报答父母。我想不了多久，思绪就会转到别的刺激的事件上去，在那里，我同样得不到满足，同样厌倦。

后来，在我就要睡死过去的时候，我被一阵轰鸣声给吵醒，是摩托发动机的声音，由远到近，在最响的时候猛然中止。然后，院子的铁门被打开，嘎吱嘎吱的声音布满了四周，橡胶轮胎碾过地面的声音跟着传了过来。父亲回来了，他这么晚才回来是很正常的事。接着我听到他支好车子，打开堂屋的门。咔的一声，父亲按下日光灯的开关，镇流器嗡嗡地响了两秒，一道白光在我眼前划过，落在卧室里漆黑的墙上。

父亲一边朝后门的厨房走去，一边咳嗽，尖锐而凄惨的尾声被他拉得很长很长。我有一种预感，若干年后，父亲就是在这种咳嗽声中与世长辞的。我完全没有了睡意，干脆就认真地听着父亲在后面刷牙洗脸洗脚，我甚至听到了父亲洗脚时两只脚蹭在一起时发出的声音。还有骇人的咳嗽声。父亲走进房间时，我闭着眼睛一动不动。父亲打开电视，声音开得很小，他调了几个频道，然后叭的一声，关了电视睡觉。

父亲基本上是倒下来就能睡着。我在父亲的打呼声中彻底地清醒着。后来，我的双眼又涩又痛，但大脑依然活跃，这是怎样的一种生活。我催促自己，快睡，快点睡着。后来我真的就睡着了，再顽固的失眠也会有个尽头，这和人都是要死的是一个道理。

转眼间，大学二年级就结束了。整整一年我都在写我的小说，并且借了钱买了电脑用来打字，还几乎扔掉了中文系发的众多教科书。但是我没能拿到几块钱稿酬，一家名叫《面孔》的杂志社把我两篇最好的小说占为己有，但迟迟不刊发，我估计等所有的"大家"都亮相之后，他们才会用我的文章。一九九八年春节那天，我向父母夸过口，到三年级时就可以用稿费养活自己。这句话成了吹牛。所以二年级后面的这个暑假我决定拼命，就当是从头开始。

六月三十号那天，我收拾好行李后打了个电话给父亲，让他第二天中午到镇上接我。我想好了，这次通话，无论如何要和父亲多扯几句。

父亲在那头说，不行，明天中午我有事，你自己坐马自达回来。

你有什么事啊？中午也有事？

防汛。

又防汛啦？有什么好防的。

胡扯，去年差一点没破围。你自己坐马自达回来。又没钱啦？

坐马自达要五块钱，我还不如买包烟呢。我坐马自达回家，放假你给我几包烟。

抽什么抽，非要抽出病来。

我平时又不怎么抽，就晚上要几根。

到时候再讲，你走到水巷拦一辆马自达，跟人家一起坐就要一块钱。

我包那么重叫我怎么走到水巷。

……

最后父亲终于没能答应到时候接我。我挂了电话，跑到操场上踢球。那天下着毛毛小雨，我们几个人脚下打着滑在水泥球场上奔跑，跑累了就蹲在地上喘气，背朝天，让冰凉的雨水线一样落在整个背上。我算了算身上剩下的钱，除了路费，我还能买包烟。

七月一号，我在回家的路上精神饱满，想象着我的暑假。这是奔向另外一种生活时最初的迹象。下午，就我一个人在家。一到家我就到处看，看看一个多月来家里有没有什么变化，又看了看碗橱，用手抓了点菜放到嘴里。后来，我拿出两年前父亲出差时买的"超人"牌剃须刀，走到挂衣橱的镜子前。两年来我和父亲共用这把剃刀，每次回到家，我都要拿着它走到镜子前。我多么希望自己的脸上能出现青青的胡茬，那是成熟的一个标志。

站在镜子前，我看到一张和成熟相去甚远的脸，看到一个像是被挤压过而有点畸形的身体。我看着镜子里的人，直视着他的双眼。就是这样一个人，到时候，还是要做丈夫做父亲的，难为他了。我可能会把我的爱情婚姻一拖再拖，但我们这些从农村走出来的小子，结婚生子是对父母最好的报答。

电话响了，我拿起话筒，父亲在那边问我有没有到家。我说我肯定回来了。他又问我什么时候到家的；他说他晚上晚点回来，防汛。我想跟他要香烟，但没敢说出口，我害怕说多了父亲烦起来会不理这回事。趁他心情好的时候我再问他要烟，会给的。

和外婆的一切最相像的是江岸上的沙子，层层叠叠，细碎，经不起风雨，但无论多大的风雨之后沙子还是那么多，不息的江水会把沙子一层层推到江岸……

江岸之夜

外婆在七十岁之后记忆开始变得紊乱，七十岁的她在说七十岁的事，更多时候是六十岁的她五十岁的她四十岁的她乃至二十岁的她十几岁的她在同时说话，说六十岁的事五十岁的事四十岁的事二十岁的事和十几岁的事。更复杂的是，七十岁的她说着五六十岁甚至十来岁的事情，六十岁的她说着四五十岁的二三十岁的十来岁的事，五十岁的她说着此前的事，二十岁的她说着更早以前的事……通过她的喃喃低语我能感觉到她化身为每个年龄的自己，说着每个年龄的回忆。在外婆所有的往事中我觉得最大的事是从南京城逃出来，但她本人似乎对此没有兴趣，不知道是回避还是遗忘，或者真的不记得很多事情。关于一九三七年无边的恐怖，那年的天寒地冻和长途逃亡，关于人群和围绕在人群上空的轰鸣声和死亡气息，外婆说得越来越少，而我从其他途径了解的反而越来越多，两者互相作用的结果有一种残忍的眩晕感，那就是外婆虽然每一天都在眼前，但确实有一种淹没在历史深处的感觉，血肉之躯逐渐陷入某个平面，那种颜色浅淡的画面，成为古旧的文献资料纸张那种乍一眼看上去的土黄色的感觉。逃出南京这件事像一处遗迹被埋在深处，上面是一层层略显新鲜的遗迹，战争的遗迹和战后的遗迹，举国欢庆的往事和欢庆之后艰苦岁月的往事。十个子女的出生更是在她本人身上覆盖了十层土，让她自己的童年往事几乎变成煤炭。还有最近的二十几年因为子女的子女们开始长大和自己身体衰老带来的无数事件，每件事都是一次地质运动，让高山变为深海，让汪洋变成山峰，让一些血肉远去而另一些无关的人开始贴着她的眼珠。

一九九八年暑假的很多个午后，在外婆的喃喃自语中，往事像夏天的狂风暴雨之后的枯枝败叶一样飞扬在院子里，和眼前真实的狂风暴雨彼此难分。风停雨歇之后，半空中脚底下全都是湿漉漉的树叶和语句。雨水打在酷热的水泥地上散发出浓烈的煳味，我站在这种夏日暴雨后特有的香味之中仔细辨认着外婆每一句话背后的那些故事和人。线索太少，那些话像语速飞快的历史书，又像是反复搬迁后扔在地上的纸屑，上面的油墨字迹正在变淡变模糊。有一天我从长江边的钟卫家回来后，突然发现和外婆的一切最相像的是江岸上的沙子，层层叠叠，细碎，经不起风雨，但无论多大的风雨之后沙子还是那么多，不息的江水会把沙子一层层推到江岸——或者江水有兴趣的是一只鞋子或者一个瓶子，但不得不推动着沙子。水就是沙子。

很多次，我带着无法理解外婆话语的挫败而走开，回到自己的房间里。那里有一个草率而廉价的书橱，上面放着《童林传》《朱元璋演义》《海明威短篇小说全集上下册》和《地狱里的温柔：卡夫卡传》等大约五十本，书后面藏着香烟。这些书见证了我的某种过渡，从小人书评书往某个专业乃至晦涩的地方过去，烟也是过渡之物，以它的燃烧、辛辣、烟尘和灰烬参与了这个过渡。我站在窗户后面偷偷抽一根，烟雾缓缓飘向院子后的丘陵深处，那里是我熟悉的地方和不熟悉的地方，因此是熟悉和陌生两者共存的地方，也是我想去和不想去的地方，很多年以来始终如此。为了不让母亲发现抽烟，我用电风扇对着窗口猛吹一通，抽烟时和抽烟之前的言谈和遐想也一起被吹走，连气味也很难留下。

我的房间里只有一张床、一个书橱，一个八仙桌作为书桌，一把靠背椅。乡村的房间往往巨大，中间的空地足够放下一张双人床那么大的凉席。从暑假开始我就把凉席铺在地上，离开后母亲会把凉席卷起来，但愿她在卷起凉席的时候只想到夏天，不要因为秋天正在到来而感到伤感。她的母亲，可是连伤感都来不及就离开了南京，然后走上了和一生一样漫长的路。香烟就藏在书橱上的一排书后面，出于对图书的一丝敬畏和疏离感，母亲不会去检查那里，所以那里是安全的，香烟从未被发现，如果我长时间忘了它们或克制着不去抽烟，那么那一两包香烟之于这个世界上无数的香烟而言，就是孤零零的一家人，活在寻常不过的村庄深处，有着它们该有的命运，燃烧殆尽只是迟早的事情。

暑假的生活极端寂寞，父亲每天早出晚归，在江水汹涌的那些天他会变得像漩涡一样忙乱，花更多的时间在江岸边江堤上巡视，回家的次数增多而每次时间减少。新闻里更是江水滔天，无数的人被迫搬离家园，有人仓皇离开，一如一九三七年外婆置身其中的人群一样。不同的是，当年的逃亡是纯粹的逃亡，生死有命，今天的离开则有序很多。我长时间坐在书桌前看书，那些文字和小说像是一个无声的屏幕一样让我窥视着另外的世界，那个世界还是模糊的，因为遥远和摇晃而模糊不清。很长时间过去，我什么都没有看到，无非是确认了这里和此刻，是一个随机的偶然的孤寂的或者平行的存在。这是一个激动人心的发现，像是发现了一个起点或者终点一样让人激动。还有很多次，我不分时间就躺在凉席上睡着了，外婆走过来把我叫醒，让我去做一件事，去把盛在竹篮里挂在半空中的昨晚的剩饭拿下来，去把冰在井里的菜和西瓜提上来，去用井水把院子里火热滚烫的水泥地面冲洗一遍然后把饭桌搬到湿漉漉的位置，去喊在家后面山上的田里忙碌的母亲回来吃饭，给我一点她自己的钱让我去看看不远处三岔路口的树下有没有人卖西瓜……我站起来，她则开始自言自语，零零星星的话像是从身上剥落出来的一样洒得到处都是，我有一次一边吃饭一边看着外婆，带着极大的疑惑，她是不是要把过去的每天都说一遍，或繁或简的，说完之后人就会随着最后的话一道消失在半空中，留下一些被命名为死亡的热闹的假象？

之后近十年，外婆一直保持这样自言自语并且极其无序的状态，无数的人名和事情像沙子一样随着她的絮叨铺满地面，又很快消失不见，似乎我们所在的丘陵中央充满了大风和江水。外婆的自言自语充满了季节性，夏天话多，冬天话少，春天里她虽然没有多说什么但是脸上的表情像是正在诉说一切，而秋天里她有些惶恐，似乎又要开始一次"跑反"。"跑反"是母亲常常挂在嘴边的词汇，我揣测，在她的童年里，她的母亲，也就是外婆也常常这样跟她说起这件事。很多年后我确切地了解到"跑反"这件事，在强盗土匪或者侵略者来的时候跑到山上湖边江中小岛等等隐蔽的地方，等安全了再回去，穿过被战火席卷过的村庄回到自己家中。所以"跑反"是农业的，乡村的，也是过去的，它的历史足够悠久，又戛然而止，让人来不及研究它的本质。按照"跑反"的严格解释，外婆不是跑反，是逃亡，她一去不返，再也没有返回南京定居，再也没有见到当年的亲人和邻居，一个都没有。五十多年后，她倒真的回去住过几天，住在她最为有出息的二儿子家里，城东一个普通的小区，名为"蓝旗街小区"。仅仅几天时间，外婆就不堪忍受频繁的噪音，以及无人打牌的孤寂，坚持离开了南京。第二次的离开更有意味，首先是当事人众多，一个个都健在而且健谈，其次是她不避讳谈及此事，和她闭口不谈第一次的"跑反"完全不同。从她自己的角度来看，那件事似乎不应该发生。为什么要发生一九三七年那种事情？为什么不能不发生那一切？那种惶惶如丧家之犬的逃难，顺着长江朝理论上的西部跑，体力和装备最好的一批人可以跑到芜湖、九江、武汉，进而分流，一部分可以到重庆，乃至深入到四川深处，眉山之类的地方，但外婆没有跑多远，几十公里就落单了，在外公所在的渔村停留下来。她应当是从中华门出的南京城，但为什么沿江开始跑，或者说大伙为什么要沿江跑？江岸给人的感觉是不安还是安心？不安是因为右侧就是江水，足以淹没一支队伍、一群人和一个个家庭，安心则是在道路不明的时刻和天空下，古已有之的长江串联起一座座城市、一个个地名，只要沿着这道水流走，哪怕是逆流，也能确定无疑地到达另外的一个类似于南京的城市。当然这都是我的揣测，乃至想象。我有过沿江游玩的经历，最近更是每年沿着外婆当年的这一条路线带上女儿回父母家十余次，我知道沿着江岸走往往无路可走，礁石或者山丘，深不见底的树木柴草，突然的凸出或者凹陷都会阻止人的脚步，我只是用揣测和想象代替和外婆的交流，为什么跑到江边？什么时候开始和家人邻居走散？花了多久走到现在这里（此地距离南京主城区三十五公里）？怎么遇到的外公？是首先看到他本人还是遇到了他的家人？为什么决定留下来？是你自己的想法还是他们的？有没有强迫你留下来……这些事外婆自己逐渐都忘记了，如果问她，她什么都不说，脸色也如同江水一样茫然，水面之下或许有什么深不可测的过往，水面之上也有一种辽阔的气势，但终究只是杂乱和浅薄的一道江面，在寒风中起伏的波浪和皱纹有类似的形态。

那个暑假的抽烟似乎是来自父亲的一种奖赏，奖赏我在暑假这种可以到处跑的时间里，依然只待在院子里，像母亲所希望的一棵茁壮但始终出现在她眼前的树木。我知道父亲知道我抽烟，父亲也知道我知道他知道我抽烟，会装着不经意把一包刚拆封的烟丢在显眼的地方，静候我拿走。他甚至掌握了我的节奏，知道我一包烟可以抽四五天，在极为紧张和珍贵的情绪下小心点上每一根，甚至仔细吸着每一口。实情也是如此，我抽烟的时间基本固定在四个时段：中午母亲午休时，晚饭后母亲做家务的时间，九点多母亲盯着电视剧看的时候，深夜时分他们都入睡后。像一道数学题一样，二十支一包的烟，最多可以维持五天，一旦有所打扰就少一次，那么就有剩余，每一根都是实实在在的存在，不像多年后出门时查看香烟，少于大半包就觉得准备不足。这种只有在固定时间才能抽烟的日子让我惶恐而伤心，我仿佛看到了自己悲惨的一生，每件事都能在固定的时间去做，早晨什么中午什么晚上什么，三十岁做什么四十岁做什么五十岁做什么，一切都不能违规，要在时间等编织的法度中度过一生。

　　大约从一九九五年开始，外婆逐步失明失聪，暑假时母亲会把她接到家里住两个月，让被另外的子女嫌弃和厌恶的她相对平静一点。似乎是为了充实这份平静，一九九八年的那个暑假里，我突然发现外婆在看书，很多天我在晌午起床，首先看到的是院子里回荡着的强烈的阳光，随即看到外婆坐在大门后的阴凉处，是一个蜷缩着的剪影，脸朝外但是头深深埋在自己的怀抱之中，那里有一本书。她不认识字，此刻眼睛也因为老花和白内障等等已经接近于失明。可她看书还是乐在其中，书距离眼睛只有两三厘米，香烟过滤嘴的长度，似乎要把一本书用眼睛抽干净。书没有燃烧，上面的字很清楚，外婆一个个看过来，把每个字当作了图画。看到类似的图画让她备受鼓舞，就这样，她抱着书弯着腰，往往一看就是一个上午。我发现我从记事开始就是识字的，这不是值得骄傲的事，只是两者凑巧同时，每个人都是识字的同时正好遭遇记事，记事之前只有印象，极其模糊的一些画面，一些充斥着黑白灰乃至承担确定性和厚重的黑色都很稀薄的灰白画面。似乎识字是记事的前提，并且对终身不识字的人充满了疑惑不解和想象。我努力想象自己像外婆那样不识字但看到了一本布满了汉字的书，整齐规则，字字不同又不断重复，笔画多多少少且毫无规律——如果每个汉字在外婆眼里都是一幅画，那么每幅画都有着奇怪的疏密差别，这是不是让人开心好奇？当然会有极为简单的画和最复杂的画，但作为一本书，它里面的画面是适中的、亲切的，有空间的也有变化的，这大概是外婆能看得下去的原因，她不可能看一本全都是由"一"组成的书，也不可能看一本全都是"齉"组成的书，世界上也没有这样的书，所有的书都像一条细细长长的江岸，可以在上面行走，也可以望而生畏，可以温和绵密，也可以狂风暴雨。

但江岸只能在江的这一边，或者那一边。外婆是顺着江岸逃离南京城；不像我，顺着江岸，以学习考试为交通工具努力进城。

钟卫在外婆住在我家的那些暑假里偶尔呼啸而来，摩托车负责呼号叫喊，不期而至负责啸聚。外婆也是他的外婆，母亲是他的小姨。他会带来更好的和更多的烟，我们会堂而皇之走到门前空地抽烟，不顾母亲瞪着我们，最多我收敛一些，不给她一个清晰和正面的画面，知道我抽烟和看到我抽烟终究是两件事。钟卫每隔几分钟就拔出两根烟，有一天我转身回院子时看到差不多二十根烟头被扔在石子路上，每根烟头都背负着被脚踩踏拖拽的痕迹。这真是一个让人不堪忍受的画面，像数目众多的子女全都处在悲惨的境地。外婆生了十个子女，夭折五个，健在五人。第九个小孩不能称之为夭折，他是在十多岁时，一个人在江边玩，只是他似乎忘记了夏天大水，或者根本没有看到原本清爽利索的江岸和密密麻麻的水杉树此刻只剩下孤零零的几棵树顶浮在水面上，他似乎习惯性地从家门口朝树林跑去，结果落进了巨大的漩涡里，很快就黑漆漆的一团漂浮在浑浊的江面上。

我和钟卫见面的次数越来越少，从我外出读书开始我们只在春节和暑假能见到，一起抽烟，我拿出最为珍视的可乐，两个人在严冬或酷暑，都是一手拿着鲜红的可乐瓶一手挥舞着燃烧着的烟。后来他春节时也不见踪影，反而在暑假里突然出现。钟卫当时并不知道他的人生也如同烟一样以燃烧的方式进行，并且遇到一点点水就会成为僵硬的灰烬了。有一天我突然感觉到，钟卫在院门前的讲述和沉默都是为今后多年不见所做的铺垫，他提前说了他的事迹和壮举，他的悲剧和丑闻。我们背后的院子里，一对母女正在各行其是。母亲在读书，以看图的方式让每一个都成为一个图像，每一个字的笔画都带着她所熟悉的几十年来遇见的风雨的力道。女儿在忙碌，似乎母亲在自己的视野之内就足够，自己还有太多的事情要去处理，这么多年自己就是一个人照顾一切，照顾野蛮生长的儿子和奔波劳碌又痴迷牌桌的丈夫，母亲从来没有给自己搭手过，她在中止生育之后的黄金年龄都给大姐带小孩，连大哥的一儿一女都没有去照顾，何况自己的这个小女儿。如今他们都厌弃老娘，自己是时候站出来了，起码暑期自己可以大声说话了。此刻母女二人无话可说，未来从眼前以浓云密布的方式一直冲到她的咽喉之中，呼吸尚且困难，说话有些奢侈。钟卫挥舞着夹着烟的右手大声说着他自己必将经历而必然到来的一切，烟灰异常潇洒地断开飞舞着，不知所终。

钟卫从不留下吃饭，只是看看外婆，跟我说一些让我觉得世界广大而遥远的话，然后踩响摩托车离开。显然，一九九八年的钟卫并不是来自一九九八年，他每次都从他的未来长途跋涉而来，穿过了无数惊心动魄的生意和年轻人的喊打喊杀，穿过了刑罚和明暗交替但总体而言是黑暗的中青年岁月，穿过了兴盛和衰败，光鲜和凄凉，然后在一片模糊之中找到我家门前四个巨大的樟木树冠和周围一道白色的院墙。看到这些他会心安一点点，毕竟我、母亲和外婆都在，外婆无非从江边的大女儿家步履蹒跚地走到了小女儿家。他不会去找自己的家，那个家要么在密密麻麻的一条街道的中段，半空中难以辨认，要么在江边一个平整的院子里面，但是里面没有人。找到我和外婆，他可以一边跟我尽情诉说他这些年的遭遇，那些一呼百应的辉煌和被追逐围堵的刺激，还可以尽可能放松地抽烟，也能在忙这些事的时候偷偷多看几眼外婆。外婆把他带大，把这个大女儿的儿子带大，为此让大儿子、二儿子和小女儿难堪了。钟卫远离外婆是必须的，凑近了偷偷看很多眼也是应当的，前者符合每个人对他唾弃的期待，后者符合他自己的真实想法，知道自己必将不得安生之后多看几眼二十多年前日夜陪着自己的外婆，也是一种沉醉和安宁。时间仿佛从来没有往前流逝分秒，难度只在于我们把它确定在哪一个刻度之上。外婆就是钟卫眼中的巨大的树冠和环绕的院子，他先看到了外婆，再看到具体的房子院子和我们，摸到门口。至于和我聊上一阵，并不是出于某种必要和迫切，更不存在生意上的生活上的需要，只是他不便像一棵树一朵云一只鸟一样观望外婆，他必须以外孙的身份、亲人的身份和人的身份，恰巧这里还有一个类似的我，于是我们站在那里，在外婆和我母亲的视野里，像极了第三代人的样子。

钟卫既然从天而降，离开时也必须飞升而去。确实如此，钟卫每次都发出巨大的轰鸣声离开，我看不到他但觉得自己可以看到声音，看不到修剪着流行的发型穿着足以震撼小镇整条街道的裤子靴子，他已经从头顶飞走，地面的房前屋后和一户户随意的房子构成的连绵的村庄，在他眼睛里模糊起来。

外婆对钟卫的出现基本处于无知的状态，她依然在看书，书上那么多好玩的文字，而且书都来自我房间里的那个临时的、粗糙的、漫不经心的书架——多年后我成了编辑，终日与书和文字打交道，视文字为畏途，视文章为畏途，每一部作品都让我困惑不已，丧失了一切判断力——那些书似乎是我刻意画下来的连绵而生动的图画，这些图画有深邃的空间和坚硬的结构，让外婆痴迷又畏惧，深入其中一如深入她七十多年的人生之中，不知道返回，也不知道方向。

钟卫来了又走了，犹如夏季里一丝不易觉察的风。我不知道外婆在凝视那些方块图画时想到了什么，有没有想到她的父母，以及父母的父母，以及父母的父母的父母，一个由她开始的无限放大的三角形，她处在三角形的顶端，由她开始首先和父母构建了一个三角形，然后三角形的两个点成为顶点，继续构建新的三角形，然后再继续，一个个一层层的三角形往上叠加起来，时间也开始倒流，犹如长江之水天上来。我也从未问过外婆她父母的情形，因为等到我意识到我也是一个代代相传的结果，也有不计其数的祖先时，外婆已经记忆混乱了，甚至言语也开始混乱了，视觉和听觉都不行了。但我知道外婆自己的人生轨迹，生于北京，移居天津，后父母双亡，被远在南京的姑妈收留，一九三七年逃亡时和姑妈一家跑散，自此再也没有见到过。落单的外婆在长江边遇到了外公，穷苦人家的男人娶了流落此地的残疾的姑娘——外婆在北京或者天津时，玩她父亲的烟斗，把烟叶揉到了眼睛里，导致一个眼珠烂掉——于是，一个家庭开始开枝散叶。虽然我知道外婆的大体经历，但对她的父母依然不知道，母亲也不知道，母亲从未提及她的外公外婆，似乎她是一个没有外公外婆的人，她甚至对自己的母亲也不甚了解。我很多次异常愤怒，愤怒于她几乎不谈自己母亲的过去，不谈她母亲的历史，不谈她母亲的家庭，而这份愤怒终究只能化为失望和遗忘，我不可能对着自己的母亲喊，你为什么不知道你母亲的过去？或者真的不知道，外婆全部的身心大概只能应付五六十年来的眼前之事，往事无力顾及，犹如他人。

在我的印象中母亲几乎没有提及过她的爷爷奶奶，但舅舅等人说过，父亲也说过，那家人，由安徽沿江而下谋生，定居于安徽江苏交界的江岸，地名"仙人矶"，一家人逐渐像一家人，人口越来越多，随即家庭也因为分裂而不断增多，植物一样漫山遍野。"仙人矶"不是一个有名的地址，虽然我从小念叨，事实是，沿江往西约三十公里的"采石矶"更为有名，有李白，有抗金，有朱元璋渡江，有茶干，而仙人矶一如仙人一样，什么都没有。仙人或者仙人的传说出现过很多，但我们对他们的探寻大体也到其父母为止，仙人父母的父母是谁，百姓们都不在意，仙人是断代的，是一种终结。我在很长时间里难免有这种感觉，我见过爷爷但没有任何记忆，见过奶奶但记忆极其稀薄，见过外公但没有记忆，外婆倒出现在我整个的少年儿童时期，直至青年。或许因为他们离开得太早，我难以和他们展开关于他们父母的对话，爷爷的父母是哪两位？这两位的父母又是哪四位，这四位的父母又是哪八位？这八位的父母又是哪十六位？这十六位的父母又是哪三十二位？随即而来的64、128、256、512、1024、2048、4096……他们是谁，这不是一个数学问题，是一个气象问题，像在大雨中站在岸边望向江面，尤其望向上游，滔天降水扑面而来，感觉可能被淹没，感觉幸存而安全，感觉渺小，感觉酸甜苦辣，感觉幸运而诡异，感觉江岸是江水的一部分，但又不是，感觉江岸为人提供住地，而江水为人提供别的一切。在我开始有了这些疑问的年龄，我已经见不到钟卫了，他已经不在此地生活，他离开了江岸，去了沙漠，或者森林，或者荒原，哪里都可以，当然也可以反过来说，我去了别的什么地方，钟卫一直都在江岸边，在芦苇荡、沙滩、水杉林、礁石、涨潮干涸、灰色的船身、沉闷的汽笛等等组成的江岸边，可以远眺，但看不远，可以看到江豚翻滚，更多是江水逐渐变黑的过程。

江岸边往往以一个码头为中心，上下游都停靠着很多船，有的刚刚到岸，有的即将启航，有的要休整，它的锚非常沉重，有的似乎老死在岸边，它的锚已经长在沙滩之上，和周围的草融为一体，船上的物件一点点在消失，但躯壳还在，犹如六十岁、七十岁或者八十岁的外婆那样。当我去钟卫家时，我从未有过确切的"在钟卫家那边"的感受，去钟卫家会被别的事物拆分和填充，其中最大的填充物自然是看望外婆，最刺激的填充物，则是去江边，去废弃的货船上，站在上面看向东南西北，然后朝沙滩一跃而下。遇到大的船，跳下来成了一种豪情，一种赌博，钟卫和我之外还有别的人，一支队伍，我们先后从船头跳下来，四五米那么高，或者五六米那么高，甚至六七米那么高，但不会再高了，这里的货船仅仅在长江上短途来回，一切都有它的极限。不管多高，回头看看驳船硕大漆黑锈迹斑斑的头部，我们都会心惊胆战，不相信自己真的可以从上面跳下来。这份不信加剧了我们的紧张和后怕，只有站在船头并且看不到下面的时候，我们才又无畏起来，反正下面是沙子，跳进沙子里能有多大问题。我们比高，终于站在最高的驳船最高的边缘往下跳。没有更高的可以比了，我和钟卫还有钟卫的弟弟钟强，他们的邻居、我们的同学，纷纷开始比谁跳得远。淡黄的沙滩下面不知道埋着什么，万一有石头之类的我们可能就要遭殃，为此我们在比赛前要清理江岸，把一小片地方处理成一个更为平整和温柔的沙坑，并且努力在几分钟后跳进来。江岸上只有沙子，干燥的沙子下面是潮湿的沙子，再往下是凝固成块的沙子。我们的体重和跳跃只能勉强触及那些潮湿的，仅表面干燥的那些就足够承受我们了，脚踝没入沙子，随即脚背没进沙子，到此为止了。炮制的沙坑不会更深，倒会让我们滑倒，半条腿都沾上沙子，手撑在身后，手掌上全都是沙子。我们也说不清楚为什么要这样从高处往下跳，或许急速坠落的过程中有极为罕见的一部分和飞翔的感觉完全类似，让我们误以为我们这是在一飞冲天，误以为可以不再回来了。但我们真的热爱往下跳，我们无比盼望一周一天的周末，就是因为在那一天我们可以踩着悬空的破旧的跳板上船，再跳下来，并且可以重复，重复到自己毫无力气和兴趣。如果一位远道而来的人路过此地并且长时间注视这个方向，他可以看到一群十几岁的男孩在一个阳光明媚的下午一次次从船头跳下，落在沙地上，时间久了，他可能发现其中的循环，不管是五个人还是十五个人，都是一轮一轮往下跳，再爬上去，站直，跳下。他也可能失去判断，以为有几百个几千个男孩在这个下午排着队往下跳，并且伴随着欢呼，他甚至可以以为只有一个人，在一个下午完成了几百上千次的下坠。

江岸上的跳跃带来了无休无止的后果，在很多年里，每次我登上高处，就会想着此处是否可以像在岸边一样跳下去，虽然我几乎没有跳下去过，但几乎每一次我都会比较一番，在十层左右的楼上，在二十几层三十几层的楼上，在某个景点添油加醋的高台上，在半空中的缆车上，在悬崖边的栈道上。但凡登高，我都会想着能否包含刺激地跳下去又大体上毫发无损，这成了我衡量高度的一个方法，也是自保的方法。我不会从我不能幸存的高度跳下去，只是一个劲想。想多了也会有一些令人恍惚的事实，发生在恍惚之间或者梦中等彼时彼刻。最近的一次就在一次打盹时，我纵身一跃，在下坠过程中就突然醒过来，因为我看到了我自己，正在一片漆黑之中奋力蹬着自行车去江边。父亲自汛期以来就一直住在江堤上，每天回家两次，但每次只有几个小时匆匆收拾休息，其他时间则一直在守候，他们在守候着大堤安然无恙的消息，为了证明这个消息，他们不时巡视，用强光手电照亮每一处，在此过程中，两个人滑进了带着漩涡的江水之中，其他人束手无策。我大概是知道了这个消息后才匆匆赶过去的，为了确认父亲没事，就像父亲确认江堤没事一样。但自行车在深夜之中既没有速度也没有光亮，能依靠的似乎只有运气。我不忍心自己这样汗如雨下，于是闪了闪手上的车灯，给他照亮眼前的路。那一刻我知道了，我不是我，我是钟卫，摩托车是我的标志。这是完全可行的，我可以成为自己的任何一个堂哥堂弟、表兄表弟，如果可以跨越性别，我还可以成为任何一个堂姐堂妹、表姐表妹。或许我也可以是外婆，让自己的外孙钟卫给他的弟弟帮忙。

当我费尽力气站在江堤上，并且问了迎面而来的人父亲安然无恙，此刻正在值班的帐篷里打牌消遣时，我一方面长出一口气，一方面感到了震撼和惶恐：因为大水，江岸不见了，脚下就是猛烈的江水，长达几十米的斜坡、江岸上的轮船、细沙上顽强的植物和刺眼的垃圾，还有我们的脚印，以及在那里打发时光的我们，全都不见了。这一切会再度出现，但此刻真的消失了，并且让人觉得一切都没有存在过。

这种纠缠不清的感觉是我多年来很少体会到的，我只体会到单纯的快乐和单纯的不幸，只有单纯的喜欢和单纯的憎恨，没有复杂的事发生，自然也没有什么百感交集了。

冷水澡

我们在七月初可以离校，最晚七月二十三日必须全部搬出宿舍，于是我们有二十多天时间安排离开的日子，并且频繁参与到别人的离别中去。普通人的离别总是仓促和草率的，人们一般不会把力气花在如何结束上，不管是结束一次聚会还是结束大学四年，或者结束这一生。人们总会把更多的精力放在相聚上，张罗一个饭局，组织一次聚会，邀请大人物，操办大事。无数的离别在事后回想起来总是让人觉得意犹未尽，仓皇而粗鲁。

或许早早认识到了这一点，陈尚龙在七月初的一天突然离开了，不声不响，没有常见的拥抱、痛苦、惆怅、茫然四顾、摄影留恋，更没有吃饭唱歌、勾肩搭背和令人将信将疑的信誓旦旦。为了不惊动大家，他连睡了几年的破旧的凉席都没有带走。有人把席子掀开来，下面有几张《体坛周报》，还有两本《科幻世界》和两只黑袜子。还没有离开就看到了这些原本可以勾起回忆的玩意，这让我们很不舒服，不过，它们默默地出现在我们眼前，不是为了勾起回忆，更多的是展示陈尚龙离开的决心。一些人对此表示不满，毕业是大事啊，此后可能再也不会见面，怎么能说走就走呢。但陈尚龙确实就这么走了，以手机短信的形式通知了极少数关系不错的同学，仅此而已。

　　我也收到了陈尚龙的消息，知道了他在城乡接合部的一个庞大的小区里租了一个房子作为过渡，陈尚龙说，接下来打算就在这里买一套房子。我不知道这是炫耀还是倾诉，没有当回事，只是顺应着周遭的感伤氛围给他回了一句话：加油兄弟，都在南京，以后争取跟在学校一样，几天见一次。

我没有考虑这句话给他的印象，我自己都不信这句话。

我和陈尚龙关系一般，起码四年来我并没有和他一起喝醉过，没有一起熬夜上网或看球，更没有和他深聊过。别说他就这么走了，他就算去了云端、月球或者火星，我也无所谓。

无所谓就是完全想不到，毕业后的半年我几乎没有想到过陈尚龙，似乎他去了云端、月球或者火星，而我还在疲于奔命。

十二月初我突然接到他的电话，请我吃饭，说是房子已经买好，装修也已经完成，现在一个人住一套大房子，大家随时可以来玩。我问他，能不能和马陵一起去，他欣然同意，还补充说，你现在还和哪些女生同学常常见面，帮我喊喊，一起来玩。

主要指女生，男同学也行。他补充说。

我嘴上答应，心里觉得有些为难和挫败，一起玩的女生不多。打了好几个电话后，只有王小融答应一起去，她大概对陈尚龙有些好奇，或者把这种小范围的聚会视为一种及时又恰到好处的怀旧吧。

我们按照陈尚龙告诉我们的地点和路线，在车站集合，挤上114路公交车直奔城外而去，在即将出城时下车，在寒风中往回步行，路过一大片早已经荒废的老式风格的厂区，来到了"日月花园"门口。

眼前的大门吓了我们一跳，太大，宽十多米，高起码二十米，疑似汉白玉的建材上雕龙画凤，两边是四五个红色制服的岗哨，一切都可以称之为壮观。这道门后面必将是另外一个世界，否则配不上门的高大壮观。

走过几十上百幢一模一样的楼房后，我们到了陈尚龙家。一阵客气激动并且招呼着我们换拖鞋后，房间里突然安静下来，我和马陵也就无话可说了，王小融对这套房子的羡慕和向往由此显得特别清晰乃至刺耳。她不断感叹眼前的一切，好大，真大，真宽敞，地板的颜色真舒服，门选得很好，窗帘不错，真干净，厨房真气派，采光真好……在我看来毫无特殊之处的房子在王小融眼里全是优点。这真让我很奇怪。我悄悄地对马陵说，王小融有点像女主人，在对我们这些外人介绍房子的好处，也给我们这些单身汉普及住家常识。马陵笑而不语。

陈尚龙在王小融的夸奖之下有些手足无措，盘算一会后，问王小融的现状。王小融说，挺好啊，不过住得没你住得好，自己花钱在单位以前造的小区里住，也是一个三室一厅，房主出国去了，一个房间里放着他们的贵重物品，从来不打开，所以实际上是两室一厅。

多少钱？陈尚龙问。

不知道，两千左右吧，不是我自己掏钱，单位帮我们几个新进来的人租了房子，正好系统里有人房子空着，就帮我租下来了。

那不是挺好的吗？陈尚龙说。

一点不好，太老了，房子是二十世纪八十年代造的，隔音特别不好，而且还有老鼠蟑螂的，有时候半夜都能被吵醒了，恐怖死了。

我说，这已经很好了，毕竟是一个人住，而且设备齐全。我到现在还只能跟小平小鹅三个人挤在一套一室一厅里，厨房小得站不下两个男人，最多站一男一女。

大家笑笑，尤其是王小融，应该感觉到了我的烦躁。她用诚恳的语气说：应该说，我们单位效益还是不错的，不然也不会给我们租房子了。不过呢听说租房子的钱我们其实也承担一部分的，单位承担百分之七十左右，算作用人成本吧。

我走到阳台，不再参与他们关于单位、效益和职务之类的谈话。窗外是层层叠叠的住宅楼，没有景色。阳台上有两副哑铃，随意摆放在那里，似乎刚刚被放下。一排盆栽的仙人掌贴着墙脚，传递着稀罕的绿意和生机。突然间，我特别羡慕陈尚龙有自己的房子，有了房子，就可以做自己想做的事。我暗自咬牙，一定要租一套好房子——当时的我没有办法买房子，没有足够的钱首付，而如果首付太少每个月的还贷就是极大的负担。房子像一道每次考试都错的题在眼前出没，让人几乎要痛恨自己。

吃饭时我话不多，有气无力的样子。陈尚龙说，他现在还和住宿舍一样，每天冲冷水澡。

我吓了一跳，此刻已经是冬天，冰冷刺骨，刷牙不用热水就会刺骨的痛。我问他：在学校里是没办法啊，澡堂人太多，你一个人住为什么还要洗冷水澡呢？

马陵也感慨说，你太生猛了吧。

王小融带着几分显而易见的童趣问道：是不是冲冷

水澡有很多好处啊?

陈尚龙严肃地说:我洗冷水澡是为了心血管好一点。洗冷水澡的时候,皮肤会遇到强刺激,血管会急剧收缩,让大量血液回流到心脏和深部组织,这个是进化了很多年形成的生理机制,就是为了保护心脏和重要的脏器。然后,心脏输出量增加,血管扩张,继而皮肤血管扩张,大量的血液又从内脏流向体表,血管的这一张一缩,让血管得到了很大的锻炼,有人就把这个叫作"血管体操"……

我冷笑一声说,你这么早就开始养生啦。

陈尚龙依旧严肃地说,也不算早,人从二十五岁就开始衰老了。

你不是才二十三岁吗。马陵说。

陈尚龙说,到二十五岁再开始注意就来不及了。女人衰老得更快,王小融你也要注意保养,不过女人不适合冷水澡,女人是特别忌讳受寒的……他后面的话像装修声音一样让我避之不及。

我们吃完就走了,转眼过去了半年,到了毕业一周年这个让人激动又惆怅的时间点。班长等人商议组织一次聚会，这也是去年毕业时一些人拍着胸脯保证的。我眼前还浮现几个人发誓的画面，大家在喝了很多酒之后怒吼着：我们以后每一年聚一次，就在这个时间，就在这个地方，再忙也要来，再远也要来……我也跟着吼了好几嗓子，感情真挚而热切。

在周年聚会之前，陈尚龙又打电话给我，说是请我和马陵吃饭，感谢我们把王小融带到了他那里，他们后来保持联系，很快成了一对。

我欣然前往。我对王小融全无好感，她跟谁在一起我都觉得毫无问题。饭桌上陈尚龙不断感慨说，本来都没有联系了，因为那次去他家玩，不仅恢复联系，而且还在一起了。

那你们什么时候结婚？马陵直截了当地问。

两个人都没说什么。我笑着问，王小融你住到陈尚龙家去了吗，你不是说你自己的房子里有老鼠蟑螂吗。

王小融说，他们家离我单位太远了，我们正在考虑把"日月花园"的房子卖了，在我单位附近买一套房子，离他上班的地方也不远，公交车四五站路的样子吧。

我可以步行去上班，国际卫生组织将行走定义为
"世界上最好的运动"，人体的各种解剖结构、生理机
能、心肺的形成、人体骨骼、肌肉位置等方面的构造都
最适合步行……

一想到周年聚会上会见到陈尚龙和王小融成双成
对，并且会用很多时间和很大的嗓门谈他们的房子、健
康、单位、领导乃至感情经历，我就没有参加聚会，只
在晚饭后的打牌宵夜时跑过去。去之前我问马陵，陈尚
龙走了吧。马陵说，走了，回家二人世界去了。我这才
晃过去，和不愿意散场的几位迅速融为一体。

我已经不打算再见到陈尚龙和王小融了，这和很多
人觉得此生再也不见我也毫无问题是同一个道理。

但一切都很怪异，马陵和王小融突然间就在一起
了，我吓了一跳，赶紧找马陵问他怎么回事。马陵告诉
我，那次陈尚龙请我们吃饭，他和王小融互相留下了全
新的联系方式，毕竟都是老同学吗。

王小融有一天突然打电话问他，陈尚龙找不到了，
不接电话，有没有和你在一起。马陵说没有，他还对王
小融强调，我和陈尚龙不熟悉，非常不熟悉。

这句话的本意是让王小融以后别找自己打听陈尚龙的去向，但此后事情的发展让这句话的意味变了，变成马陵和王小融在一起之后两个人都没有多大的心理负担，因为马陵和陈尚龙不熟悉，非常不熟悉。

我对马陵说，不要跳跃，跟我说说你怎么就和王小融在一起了。当然这也因为你们愿意在一起，你跟我说说王小融为什么跟陈尚龙分手了，不是都要一起买房子了吗。

马陵说，问题就出在房子上。因为买了一个市中心"天地豪府"的豪宅，陈尚龙觉得自己不能待在原来单位图清闲了，于是家里人帮忙把他弄到了一个国企里。陈尚龙家庭对他的支持有好几次，一是在"日月小区"买房子，二是让他进了之前那个稳定且可以直接养老的单位，三是在"天地豪府"买房子，但这一次远方老家的支持只能是首付了，后面的需要陈尚龙自己偿还，陈尚龙倍感压力。好在，家里还可以最后一次支持，帮他调进新的单位，一家国企。新单位效益不错，但需要跑业务，业务有多好收入就有多高。陈尚龙从此过上了另外一种生活，常常外出办事三五天。这样的状态在各地尤其是大中城市的公司集团里频繁上演，没有什么了不起，但当事人会上瘾，有一种牢牢抓住社会脉搏的幻觉和吃得很开的感觉。王小融觉得，陈尚龙也上瘾了，他对每一个生意伙伴和客户都极其挂念，到了不顾家和自己的程度。每次谈到王小融从未谋面的赵总钱总孙总李总的时候，陈尚龙都情感真挚，令人感动。王小融本想着赶紧结婚生孩子，但婚期被陈尚龙一拖再拖，吵架也无济于事，她忍无可忍，只得分手。

我问马陵，再细一点，王小融是分手后跟你混到了一起，还是你参与了她的分手，并且让她决心分手？

马陵说，算是参与了分手吧。王小融很喜欢"天地豪府"的房子，想让陈尚龙把房子给自己作为青春的补偿。陈尚龙当然不愿意，因为是他付了首付并且还贷，王小融只是负责装修，何况一年多来房子升值了百分之五十左右。经过几轮正襟危坐的谈判，陈尚龙同意只要首付款，一年多来的还贷和增值部分就不要了，然后过户，离开。

王小融没有这么多钱，这笔钱是我出的。马陵说，似乎后面还有没说出口的几个字。

我张着嘴看着马陵，他居然能拿出一百万，这比我强太多了，我问过父亲，如果买房子可以支持我多少钱，他说可以支持二十万，实在不够，还能跟周围的亲戚朋友凑二十万左右，这四十万是不需要我还的。一百万对我、对我的父母来说就是一个不可企及的数字，想到这里我百感交集，不愿意说话了。马陵也陪着我沉默，估计是再一次考虑这样做的后果。

　　突然他感慨了一句：纠缠不清啊。

　　这种纠缠不清的感觉是我多年来很少体会到的，我只体会到单纯的快乐和单纯的不幸，只有单纯的喜欢和单纯的憎恨，没有复杂的事发生，自然也没有什么百感交集了。

　　我问马陵：你也不试一段时间，就打算这么着和王小融结婚了？

　　马陵说，不一定结婚，先过着吧。

　　那如果不结婚，房子的事你有本事扯得清楚吗？

　　马陵说，不能，如果到时候亏了就亏了吧，就算是付了几年房租吧。

　　我说，话不能这么说，你既然答应付钱，那肯定是冲着结婚去的，问题是你不觉得跟王小融结婚这件事有些让人不舒服吗？

马陵说，我现在已经后悔了，找了一个律师朋友在问如果分手这个房子怎么算。

我又一次觉得他比我成熟和高端，我从没有什么需要律师打理的事，希望一辈子都别跟律师接触。

马陵说，我觉得王小融也不错，比较精明强干，跟她在一起物质生活其实是不用担心的，我以后就专门操心精神生活了。

那不是很好吗，你好歹也算后顾无忧了。

但精神世界不完美才是真的不完美啊，王小融已经开始逼着我也洗冷水澡了，我已经开始精神苦闷了。

我大笑一阵，和马陵分开，各自回家。我无所谓早晚，一个人租房子住，马陵则不然，需要准时回家，步入类似于婚姻的环境之中。

因为觉得有些愧对陈尚龙，在其他同学组织的聚会上再遇到，我对他热情了很多。我有什么资格对一个老同学不热情呢，或许只有冷淡本身这个资本吧。但我一热情，陈尚龙也极其客气。有一次，他喝多了，跟我大谈往事，其他人见我们回忆且抒情，迅速被我们的气氛感染了，本来喝两瓶白酒的晚饭变成了喝了四瓶白酒外加两箱啤酒，几个人还吵着要找地方继续喝。一个发达的家伙大声问，你们说，是去唱歌喝酒，还是去吃烧烤。

我尖酸刻薄的毛病随着酒劲发作了，大声说道，你说两个去处让大家选，这就是分化我们，其实就是不想继续再喝了嘛，想喝直接安排一个不就行了。

那位同学有点尴尬，陈尚龙赶紧给我打圆场说，老牛说得对，我们今天喝太多了，就别喝了，改天再聚就是了，刚才大家都表示近期再组织，我觉得应该言出必行，到时候就组织，至于有谁有事来不了，那就不等他，不过没来的人要负责继续往下组织……大伙纷纷叫好，我们一哄而散。

陈尚龙走到我身边说，我们走走。

我知道他是怕我喝多了有问题，或许也打算跟我聊聊马陵。果然，几句话后陈尚龙问我，你跟马陵一直都玩得最好吧。

我说，是啊，不过自从他跟王小融在一起之后，我们见面就少了，最起码连他们家我都没去过。

陈尚龙沉默不语。

我说，要不到我家坐坐吧，几分钟就到了，再喝点冰啤酒。

陈尚龙开心地答应了，坐下来之后，我对陈尚龙说，我一开始觉得买房子太麻烦，没钱，要还贷，而且觉得自己以后不一定在南京，结果呢，耽误几年下来，越来越买不起了。

现在买也不晚，陈尚龙说，这件事迟早要解决，所有人都买房子你不买说不过去。

我知道他的意思。碰了一下杯，问他，你怎么就和王小融分手了？

陈尚龙说，你应该问过马陵这件事吧，他也会主动跟你说的。

我说是啊，但我觉得有很多事情他没说。

陈尚龙脸色微微有点阴沉，想了一下说，我和王小融分手主要是因为我总是不回家，这个倒还好，但你也知道做生意，逢场作戏很多，我可能做得比较差吧，有些情况很暧昧。

我挤出一丝微笑，意思是没什么，努力让他感觉我对此司空见惯，甚至也这么干过。但我还是忍不住问，王小融都知道了？

王小融不知道，但问题是有个分管我的经理，大概是对我有些想法，对我很好，时间久了我整个人就完全听命于她，她要我干什么，我就得干什么了，安排接待、出差、加班，不管什么事她只要一声令下我就得不折不扣地执行，她要我去她家我也只得去，只是从不过夜。时间一长，王小融有感觉，觉得我一定是有什么事，只是没有证据而已，我一直很小心，也一直把精力放在做业务上。

嗯，那你跟她是有感情了，因为你不担心事情败露，事情败露了在单位里她的损失会超过你啊。

陈尚龙沉默一会说，应该说是同情吧，那个领导也是很悲惨，结婚半年就离婚了，一个人过了十来年。

和陈尚龙聊过几次之后，我对马陵和王小融这一对意见很大，渐渐不再接触。陈尚龙也说过，他其实不想和王小融分手，但是王小融几乎没有跟他好好聊过，吵架似乎是她解决问题的首选方式。第二个方式是矫情，

"你爱不爱我""你不爱我了"是王小融常说的,第三个方式则是干脆和别的男生在一起玩,以此刺激陈尚龙。所有这些方式都不是正常的方式,不是追求和好如初而是追求摧毁对方,相当于常规武器一件没用就直接扔核武器,结局只能是同归于尽。

而我对马陵的意见主要来自王小融其人其事,他怎么这么没有判断力呢。

又过了一年多,陈尚龙突然打电话给我,让我第二天一定要跟他一起吃饭,有大事。

我激动地答应了,我平日里没有大事,舞台极小,生活规律,大事被我误解成了好事。

第二天,到了茶社包间我就懵了,里面除了陈尚龙还有马陵和王小融,此外还有一个女的,长得挺漂亮。她叫康慧,是陈尚龙现在的女朋友。

我问怎么了,你们幸福美满的两对吃饭不是挺好的,找我干吗。陈尚龙严肃地说,找你来是做一个见证,马陵和王小融分手了,为了房子的事一直在闹,完全扯不清,闹得整个小区和马陵单位全都知道了,就差大打出手了。找你这个老同学来是为了彻底解决这件事。

我不愿意扯到这里面来，但又无法战胜好奇心，我想知道马陵和王小融怎么就分手了，更想知道他们为了房子到底怎么在闹。而且，他们三个纷纷指出，正是因为我，带着马陵和王小融到陈尚龙家吃饭，才导致了这长达数年的分分合合。

我严肃地说，大家都是同学，同学本来就是缘分，跟亲人一样，谈恋爱那就是亲上加亲，现在分手了不代表以前不是同学啊，你们还闹什么。

陈尚龙说，正因为都是同学，我才决定来解决这件事。归根到底，房子是我买的，然后转手的。现在你们既然闹得不可开交，我就买下来，全款，现金，你们平分，怎么样？

不等大家评价，陈尚龙开始算账。房子一百四十平方米，当时买的价格是每平方米一万五千元，总价是两百一十万，自己首付一百万，剩下的贷款。还了一年多之后连贷款一起转给了马陵。马陵付了一百万给自己，一年多的贷款就当是交房租，忽略不计了，剩下的自然是马陵还款。马陵的花费就是一百万外加一年多还贷。而王小融付出的代价是二十万不到的装修费用和两个多月的装修工作，后来还有二次装修的几万块。现在，这个房子市价是三万两千元每平方米，自己花四百四十八万全款买下来，所有手续费税费都是自己出，四百四十八万是净得。马陵和王小融平分，各分两百二十四万，条件是从此之后不许再有任何牵扯，尤其是不许把自己牵扯进来，什么王小融说的青春损失费，马陵说的什么错失买房的机会成本，各种乱七八糟的理由全部都不许提。如果行，今天就定下来，有牛山见证。如果不行，我从此以后跟你们不会有任何联系，电话不接，消息不回，找上门我就报警。

　　我看了看马陵，很敬佩他连机会成本都能想得出来，也对我和他多年的友谊感到羞耻。我认为马陵是借机做了一笔投资，用一百万弄到了一处房子，里面还有个女人，而这两者又极大地安抚了他的父母家人。至于分手，则是他安排好的，相当于时间一到就触发了投资协议里的某个条款。

　　王小融对陈尚龙的提议，也就是价格表示不同意，嘟嘟囔囔说了几句。陈尚龙厉声说，你不要不满足，这么多年你花的钱最少，再计较下去话就难听了。

这么多年，我的青春呢！王小融也回击道。

我本来想说，你哪里有什么青春呢，但还是柔声说，你们都想要房子，这显然不现实，这就是困扰，现在不仅拿到了钱，而且一次性解决了困扰，要算算困扰给你们带来的损失，现在这个损失没有了，你们可以轻装上阵了，可以重新做人了。

他们觉得重新做人刺耳，都瞪了我一眼。我带着恶心继续说，两百万左右去新区买一套房子轻轻松松的事，如果当首付，买个大的也毫无问题。

马陵沉默了好久，说同意。剩下的就是王小融了，我们都觉得她应该同意，但她就是不松口。她甚至说，这个房子可以涨到五万。

潘慧说，五十年后还能涨到二十万呢。

陈尚龙说，这样吧，当初我们分手，确实是我的责任，我再追加二十六万，全部给王小融，就当是我为装修付的钱。

马陵似乎是受到了刺激，抬头说，分手我也有责任，我零头不要了，只要两百万。我还是有些恶心，也是嫉妒，凭什么他一边住那里一边过二人世界，还多出了一百万，说起来还像吃了亏似的。

如果这样，王小融就可以拿到两百七十四万，这笔钱，不仅可以在略远一点的地方买一套一百多平方米的房子，还可以把房子装修得清新可人，以此来弥补失去的青春。

王小融还是纠缠了一阵，但语气已经缓和下来了，主要是抒发感慨，展现人生豁达。那么就定协议吧，陈尚龙拿出他们单位的大笔记本开始打草稿，逐条逐条和大伙商量。

潘慧的表情随着事情的进展变化过几次，陈尚龙提出追加二十六万时，我觉得她是在桌子底下踢了陈尚龙一下。见陈尚龙忙着写字，我就跟潘慧闲聊了几句，比如哪里人、父母做什么的、现在住哪里之类，但我没有问工作的事，担心触及让她不开心的事情。

我的意思是，作为老同学，我已经把潘慧当成陈尚龙的未婚妻来对待，陈尚龙你就安心处理掉之前的事情吧。

大约一个小时之后，一个极为复杂的三方协议弄好了，他们三个分别看了看，用铅笔在上面左改右改，又递给我看，一个个条款和改后的痕迹看得人眼花缭乱。关于房子买卖的协议其实很简单，复杂的是，这份协议规定了若干种作为前男女朋友的陈尚龙、马陵和王小融不许去做的事情，比如，陈尚龙不能给王小融打电话、发短信、发微信、QQ留言、微博等社交媒体上的跟帖、单独见面、说彼此坏话，如果在其他的场合见面，彼此之间最多只能点头示意。

比如，马陵不能给王小融打电话、发短信、发微信、QQ留言、微博等社交媒体上的跟帖、单独见面、说彼此坏话，如果在其他的场合见面，彼此之间最多只能点头示意。

比如，王小融不能给陈尚龙打电话、发短信、发微信、QQ留言、微博等社交媒体上的跟帖、单独见面、说彼此坏话，如果在其他的场合见面，彼此之间最多只能点头示意。

王小融不能给马陵打电话、发短信、发微信、QQ留言、微博等社交媒体上的跟帖、单独见面、说彼此坏话，如果在其他的场合见面，彼此之间最多只能点头示意。

还有，陈尚龙和马陵不得在任何情况下谈论王小融。

我看了会，突然有点想哭。把本子扔在桌子上说，挺全的。

我又补充说，不管什么事情，只要符合逻辑就可以了。

光逻辑没有用，很多事有情感和情绪在里面，都要写下来。潘慧突然插嘴说。

大伙尴尬地沉默着，潘慧的话像是一个宣判，让我们四个老同学有些无地自容。时光恍惚间回到了毕业之时，那个时候我们彼此之间都很单纯，没有情感和经济上的纠缠。现在也是，我、陈尚龙、马陵和王小融，我们四个人都不会有情感和经济上的纠缠，因为所有能想到的纠缠都被明令禁止，写在了纸上，几张纸上充满了不能、不许、禁止、严禁、杜绝、绝对不能……

大家签字、按手印，气氛悲壮，但可笑和可悲的氛围在包间里回荡着。我们似乎在密谋一件震惊世界又可能会搭上身家性命的大事，事实上，这只是一件无比猥琐又无法摆脱的生活琐事。

我好歹身份超然，没有利益，就没话找话问陈尚龙：你现在还冲冷水澡吗？

南京的冬天因为室内没有暖气，寒冷刺骨，在没有空调的房间里必须裹得严丝合缝的，冷水澡简直就是自残，而洗完擦干却又给人一种重生的感受。陈尚龙说，还在继续啊，我努力不让自己心脑血管方面有什么问题，因为自己的爷爷和伯伯都是猝死，而父亲因为这个，已经冲了四十多年的冷水澡了。

四十多年的冷水澡，花掉的水、毛巾还有时间，那是一大笔财富啊哈哈哈。不过我其实也一直冲冷水澡，可能是跟你学的吧，觉得好奇，也一直坚持下来了。有时候我觉得，一个年轻人，冲冷水澡和满嘴脏话性质是一样的，冷水澡是把刺激的东西往自己身上招呼，说脏话是为了刺激别人。

我正扯着嗓子胡扯，陈尚龙中途插了一句，我知道。

其他几个都不说话，他们大概是害怕我张口骂人。

后来，马陵走了，王小融走了，服务员来了又走了，连潘慧也因为单位有事先走了，突然之间，只剩下我和陈尚龙。

此刻我对陈尚龙充满了好感，问题是，当我对一个人有好感的时候，好奇心也随之而来。我看着潘慧的背影问：她很通情达理啊？

陈尚龙笑笑，表示认同。我又问，她是你手下吧，你们怎么谈到一起的？

这又是一个故事了，陈尚龙悠悠地说着，表情透露出陌生，乃至对我的优越感。我顿时感到恶心和失落，以至于我忘记问他另外一个问题：陈尚龙在离校之时只给两三个人发了消息，为什么其中会有我一个？如果没有那个消息以及我充满感情的回复，就不会有那个电话和那次去他家玩，没有那次登门，就没有王小融和房子，没有刚才惊心动魄的协议……这一切对我来说毫无意义，他们三个人对我来说都不重要。唯一重要的是，陈尚龙在匆匆离开学校之际给我发了一个消息。

从入学第一眼开始，我就反感陈尚龙，大学四年作为同学的交往，完全是一种为证明反感而搜罗证据的状态。可他却把悄悄离开的事郑重地告诉了我，这到底是为什么？

我觉得我好像明白了失意画家何小伟的企图。每个人的肖像都画这么大，这正是何小伟项目的有机组成部分，目的就是让每个人看看放大的自己，并且无法处置。

我收藏的第一幅油画

我认识何小伟大约十年。十年间，时代与内心的变化都很大，不变的是和他始终保持断断续续的联系。每年我们能接触三四个小时，有时在饭局上，有时在网上。偶尔我们还会打电话咨询对方一个不重要的事。此类电话有保持联系的意味，双方客气不已，不断地说着找时间聚聚、找时间吃饭，找时间喝酒。找时间意味没时间，没时间意味不重要。我们满口虚伪，却又努力让有限的真情流露出来。

　　我会翻看手机里的通讯录，近千人的名单，有些是熟悉得不能再熟悉的。这些人塑造了我的生活，甚至就是生活本身。我不断在想，把他们全部删除，后果如何？真是一个诱人的想法，我发誓有生之年一定要实现。还有一些人完全不记得，某个场合或者某个项目认识的，于是删掉，从未有什么后遗症。何小伟在两者之间，但倾向于被删除。

二〇一一年四月，我去江心洲的原形艺术中心看一个展览。这是一个主推精神病人画作的艺术中心，老郭是中心的负责人，他半路出家画画，然后，一头扎进精神病人癫狂的内心世界，到处寻觅有绘画天赋的病人，并通过绘画使之放松、发泄，展现才能与性情，进而展露精神世界，并以此获取存活下去的信心。中心里陈列着大约三百幅来自全球各地的精神病人的画作，国内的居多，都是中心收藏的。作品按照疾病来分类：抑郁症患者的作品在一面墙上，幻听患者的在一面墙上，大体如此。最狠的一批作品是精神分裂症患者的，这些患者承受着最高级的精神痛苦和随之而来的世俗生活导致的痛苦，他们的画作也是登峰造极的，画面要么无比扭曲，要么极端混乱，要么极端不和谐，要么有一个让人一眼难忘的形式感——很多作品的视觉是俯视，由上往下的视角，不知道这是不是病人们在病发时的精神状态。

病人们的作品使得所有画家的所有努力都充满了匠气和经营意味。因此，中心搞活动，自觉有点名气和地位的画家都是不来的，表面原因是不屑一顾，其实是胆怯，不敢面对"真人"，一切无从谈起。何小伟是参加这次活动唯一的职业画家。这大体上也看出他混得不好，不能像其他画家一样登堂入室。

展览现场有点安静，我们大部分人面对这些作品以及老郭的事业，只能报以哑口无言，最多也就是发出"啊啊""喔喔""哇哇"。我们喜欢这种个人意识丝毫没有被文明塑造及扭曲的那种状态，但也确实不可能进入这种状态。我们会让自己装模作样地"隐居"，但极少有人舍得让自己疯掉。

我只认识少数观众，而这些人当中，何小伟算是最熟悉的了。我们一直在聊天，断断续续说着彼此最近的情况。何小伟说了很多，让我印象深刻的是两件事，一件是他说他自己也要疯了，最近两年连续失去了老婆、女儿和母亲，现在是真正的孑然一身。我听了感觉很惊悚，他的家庭大概遭遇到了意外。具体是什么我不忍心问。

第二件事是，他突然正视我说，李黎，我们认识十来年了吧。不等我回答他又说，我要仔细看看你，给你画一张肖像。说完他直直地看着我。我不知所措，只能报以微笑，缓缓地说，从二〇〇三年年初在书店认识算起，正好十年。

他还是看着我，犹如看着即将火化的遗体。我问他，怎么想要给我画一张呢？

何小伟嘿嘿一笑说，我在列一个名单，把我熟悉的、认识的、想画的人都画一遍。

一个项目？

是的，可能要搞很久，画完我差不多也可以死了。

我对他报以微笑，有鼓励的意味。画家思考和谈论生死是值得鼓励的。当然，我们看到更多的是罗列自己参展若干、作品价值几何、被何人收藏、经历收录进诸如"牛津剑桥中国画名人辞典"的那种画家，他们活得太好了。相形之下，何小伟不年轻，但是有一种年轻人的一事无成和兴奋状态，这一点招人喜爱。

几天后，何小伟来电话，说肖像画好了，过来拿。我问了他画室的地址，挂了电话就往那里赶。这是我生平第一次入画，也是何小伟第一次送我画，不敢怠慢。

何小伟的画室所在地不是仓库，不是农家院子，不是自己盖的别墅，而是在闹市区一幢高档高层住宅里。这个小区我很熟悉，路过无数次，从未想到可以进来，这一点和即将拿到的画一样，让我觉得很兴奋。

按门铃，何小伟开门，我乘电梯上去。电梯里的镜子透彻明亮，我看看其中的自己，在想着何小伟会把我画成什么样、画多大、色调如何，什么姿态，等等，但我还是觉得此行不像去一个画家那里，而是去谈生意，谈一个特别宏伟因此也是特别扯淡的规划，双方往这规划上添油加醋，把一个泡沫吹嘘成一个幻境，然后说，合作愉快，下面我们全力以赴往前推进——这就是我最近两三年工作中最常遇到的虚无缥缈的情形。

何小伟在门口等我，我们随即走进他的画室，这时是下午三点。往常，我正在办公室里处理没完没了的工作，身体几乎瘫软在转椅里，眼睛盯着屏幕不能上下左右移动。现在，离开了办公室那个环境，备感新鲜，犹如学生时代的逃课。

这是一套很大的住宅，客厅尤其大，有三十多个平方米，一个长方形的空间，一排落地窗让它显得更大，但真正让它开阔的还是外面的惨淡而且虚无的天空，它似乎和客厅一体，人可以抬腿走过去，走在城市上空。两边是房间，房门敞开着，也被何小伟当成了工作间。

我们先坐下来抽烟喝茶，几分钟后我站起来说，看看。何小伟带着我四处看看，到处都很乱，很多地方覆盖着厚厚的一层灰。我在一台老式的哈苏相机前看了一会，它的质地还是那么诱人。

房间里还有七八个从乡下弄来的水缸，最大的口径有一米左右，小的也有四十多厘米，它们按大小排在墙脚，气势逼人，犹如一支队伍。我对何小伟说，这有意思，我喜欢。何小伟说，你老家还有没有，有的话卖给我，哪天一起去拖回来，就当春游。何小伟这番话让我受宠若惊，我想了想说，问好了再告诉你。

画室里还有一些画册，一些完成的、未完成的画，大量的画布画框，洒得到处都是的颜料，随意丢下的画笔托盘，和我想象中基本一致。想到这里，我对何小伟又一次产生了直观的好感（上次在原形艺术中心），对他马上要送我的画感觉特别靠谱。

然后，我就站在了我的肖像画面前。一瞬间我呆住了。不是画得好或者其他什么，而是尺寸。这幅画比我真人还大一圈，我穿上鞋子，勉勉强强才一米七，而这幅画有两米高。

200（厘米）乘80（厘米），何小伟告诉我。我有点哭笑不得，我从没有看到过比自己大一号的自己，从未看到比自己自身还大的自己的脸和眼睛，现在，他就出现在我眼前，带着微笑，亲切地看着我。画中的我身体绷得很紧，穿着深蓝色的高档西装笔直地站在画面中央（我几乎从不穿西装）。明暗对比之下，背景其实就是一片光亮，无比空洞。

何小伟笑着对我说，画的时候，我记得你的脸，也上网看了看你的博客，感觉到你非常忧郁，虽然说话往往直言不讳，我觉得对你把握得应该还算准确，然后就开始画了。但是我突然想不起来你穿什么衣服，一点印象没有，我想起楼下有一个外国牌子的专卖店，我天天都看到挂在门口的西装，看了好几年，于是就把你画成穿西装的样子。

看看画面，我穿的那套西服倒也合身。问题在于，因为我不在场做模特，何小伟把我肚子画小了一圈，腿画长了一截，肩膀画宽了一些。这些就是我不穿西装的原因，现在，画面上的我完美了很多。

我把这些对何小伟说了，他一阵苦笑说，有人说我这个系列有问题，最大的问题就是我画的人都不在现场，我只是凭记忆画他们，这难免神形俱错。和搞摄影比起来我这个活算是吃力不讨好。

他说话时，我斜眼看着另外一个房间里明晃晃的一幅画，等他说完我就问他，那幅画很亮，画的什么？

他带我走过去。还是一张人像，一个二十多岁的女人穿着一身明晃晃的长裙坐在一张椅子上。虽然笔触极其写实，厚厚的丙烯堆砌出一目了然的立体效果，让人想伸手去触碰，但这幅画还是有些超现实，因为日常生活中的人不可能穿如此金黄的衣服，人类历史上也从未有过一张宝蓝色的中式官帽椅。画面上恰恰就是一个女人穿一件金黄色长裙坐在宝蓝色中式椅子上，端正，目光散乱，脸色苍白，头发梳到脑后。

这又是谁，我问何小伟。

我老婆。我们离婚了。

何小伟接着说，我认识她时她二十二岁，结婚时二十六岁，画面上她是不是在二十二岁到二十六岁之间？

我看了看，无法判断，很突兀地问他，你老婆现在多大？

何小伟不说话。我又问，你上次说失去老婆孩子，就是说你和她离婚了，女儿也跟着她？这是我的猜想。

是的，离婚了，女儿跟她。说是我养不起女儿。我父亲去世早，母亲随后也过世了。

你母亲过世和你离婚这事有关？我这么问，有点残忍，但是相对于意外事故，何小伟的遭遇简直是稀松平常。同时，我又很想知道他为何离婚。十年来，我对何小伟了解极少，现在，从最惨不忍睹的地方开始了解，真是一个良好的开端。

何小伟转身走到客厅，在沙发里坐下来，我坐在他对面的椅子上。他递了根烟给我，然后叹口气说，我老娘过世，不是因为我离婚，而是被我老婆给气的。气死我老娘，我坚决离婚。

我抽烟，喝茶，目光不离何小伟，意思是说吧。很多事，必须在不断的言说中才能还原出真相，而一旦真相大白，事情本身就会在一瞬间变得毫不重要，令人厌烦，顺理成章地被当事人遗忘。总之，诉说可以让人忘记过去，而何小伟显然想对我说说他老婆的事，不然的话，他刚才可以说那是某个女模特。

她不断捐款，捐出去大约十万块钱，把我们的全部家当都捐掉了。有段时间，她着迷一样，每天晚上看《民生在线》，一看到需要帮忙的人，就立刻记下来，第二天就去电视台捐款。有时一个晚上出现三四个人需要帮助，她都记下来。不管什么样的人、遇到什么样的困难，她都是捐三千块钱，等我们知道时，她已经捐出去十万块钱了，女儿买衣服都没有钱了。

为什么呢？

何小伟扭头叹气，似乎对我的问题不屑一顾。他其实是在调整他的表情，以期用一个恰当的表情面对已经过去一年多的事情及其前因后果。他缓缓地说，她和几个学生发生关系。

墙上的钟响了五下。我站起身说，五点了。何小伟问我，你从班上过来的，是不是要回去了？

我确实该回去了，接到何小伟的电话后我立刻就过来了，谁都没有打招呼。虽然不至于有人质问或惩罚我，但我自己不想变成自由散漫或毫无顾虑的那种员工。是该回去，但是何小伟应该会继续说下去，和几个学生发生关系，这句话是海明威式的冰山一角，是深夜时分一道刺穿梦境的闪电。我想知道多一点，于是表示不急回去，没事。

何小伟猛然岔开话问我，你现在工作上忙不忙？

我说还行吧。何小伟又说，尼采说的，工作是人的脊椎，离开了脊椎，人就无法生存。

我不知道尼采说过这么主流的话语，哈哈一笑说，你也很辛苦，肖像系列还要搞好几年吧。

何小伟不说话，我笑笑说，有些事搞得我很忧郁。其实我不忧郁，这么高贵的气质我是没有的，我比较土，要么高兴，要么难过。

但是你有一种特殊的气质，不是忧郁，那就是悲伤吧。何小伟如是说。

我感觉有点恶心，面对别人对我的评价，无论正负我都很不适应，而相当一部分是非常离谱的评价，对此我就是恶心了。

何小伟继续说着，你让人感觉非常强硬，但是这种强硬感觉是装出来的，是对抗外界的一种方式，不是本性。本性你特别仁慈，什么事都好说，对很多事情都非常能够理解，包括很多人不能理解的那些人和事，你都会很支持，有鼓励的味道，虽然你的说话方式有时候听起来像讽刺，或者还像骂人，但是听了你的话，不适应过去之后会非常舒服……听着何小伟的话，我几乎想从客厅走出去，走到虚无缥缈但是污染严重的半空中去。

一个穿超短裙的女人推门走了进来，她脚上是亮黄色的运动鞋，不由得不让人多看几眼。何小伟赶紧介绍说，这是我女朋友，黄晓露，主要是做策展的，我有批画就是她联系帮我卖出去的，到时候会做一个配套的展览，有时间还要麻烦你一起去看看。

黄晓露走到我面前和我问好，态度异常亲切。她相貌清爽秀丽，容易让人第一眼就喜欢上，至少印象良好。但是她也就面对我一两眼，转脸问何小伟，晚上吃什么？

何小伟没直接回答，而是上前搂住她的腰，在耳边说起话来，两个人立刻入戏，两个身体交错倾斜。这倒也符合艺术家的举止，但和眼前的环境、氛围不搭调，或者说，这一转变太突然，我有点震惊，只得带着忧郁的神情再度走到自己的画像前，再一次打量这个被放大的我。突然间我感觉自己似乎挺喜欢这么大的画像树立在这个世界上，有种自命不凡导致的愉悦感，愚蠢，但是真切。

我识趣地走了，何小伟也没有挽留，他甚至不关心我怎么把画带走。我把画放倒拎在手上，画布朝里。这个长两米高八十厘米的木板完全就是一张门板，虽然分量很轻，但还是让我沮丧不已。出了画室，我几乎不能再走一步了，它刺眼、碍事、大而不当，和我对它的期待完全不符合，这样的尺寸应该用在一位德高望重并且生命垂危的人身上，而不是我这样的小角色。

等电梯时我在想，怎么处理它呢，把它挂家里，显然过于抢眼，乃至嚣张。只有西方的王公贵族才会把自己的画像做得这么大，配以镀金镀银的画框，我不可能这样。这成了让一个放大的自己看着真实的自己如何惨淡经营，如何度过险象丛生的每一天。

而除了挂起来，油画还能怎么处理，我想不出好办法。勉强进了电梯，下了楼，我突然紧张起来。一个人拎着自己的自画像走在繁华的闹市区，这到底算怎么一回事呢？我猛然间想到，刚才离开时何小伟毫不关心的态度，那么，让每个被画的人带着自己的画像走上大街，算不算他这个项目的一部分？

我后悔自己没开车来，但开车也没用，加上画框，两米多的长度没有什么车能装得下。渐渐地，我觉得我好像明白了失意画家何小伟的企图。每个人的肖像都画这么大，这正是何小伟项目的有机组成部分，目的就是让每个人看看放大的自己，并且无法处置。我扭头看了看身后的高楼，不知道哪个窗户是何小伟家，他是否在看着楼下的我也不得而知，这完全有可能。他真应该拿一个DV在我后面，把我如何离开、如何回家以及如何在家里处置这幅画的情形都记录下来。

带着这么长的画，主角是自己，打车完全没有可能，只能以公交车（地铁）+步行的方式回家，路上会遭遇很多的人，被多重意味的眼光审视，这一切都非常荒谬，几乎可以说是一次恶作剧。如此一想，我又一次梳理了这幅画从无到有的过程，它几乎是来势汹汹，让人猝不及防。这也坚定了我的判断，何小伟就是故意的。包括何小伟评价我的那些话，现在看来都有了一种嬉戏的意味，那些话可以形容千百万人，并且可以让他们中的绝大多数人感到恶心，却又无从发作——面对这些话犹如面对生活中所谓很好很和谐的那一部分。

我慢慢朝小区门口走去，给老郭打了个电话，他有一辆商务车。电话那头老郭以他永远亢奋、抖擞的语气抱歉地对我说，他现在还在岛上，在陪两个记者，实在过不来。那就算了，老郭目前的核心工作就是接待各路记者，努力向所有人普及他的精神病人艺术。我问过他，同样的事同样的话，你都说了几百遍了，怎么能受得了，自己会不会疯掉。他豪迈地说，不同的记者来我能给他们不同的东西，不然他们也不满足，一看自己的采访和别人的一样，那就不重视了。

我又给老南打了个电话，他也是闲散人员，自由画家，有一辆全尺寸的越野车。他告诉我他就在附近，在把哥哥的孩子送回哥哥家，然后可以来接我。

老南又问，什么画，谁画的，怎么这么大？

我说是何小伟送我的画，他就画成了这么大，我有什么办法。

何小伟？说着，老南哈哈大笑，我跟着一起笑，因为我想到了何小伟刚才形容我的：虽然你的说话方式有时候听起来像讽刺，或者还像骂人，但是听了你的话，不适应过去之后会非常舒服……我笑着笑着，就成了哈哈大笑，老南吓了一跳，问我说，你没事吧，我对何小伟感觉挺不错的，就是傻了点，总是把大家默认的事当成重大发现说出来。

我没心情听老南说圈中故事，也不想知道何小伟如何沉浮，赶紧对老南说，你先忙，我在这小区门口等你。

　　为了避免何小伟下楼吃饭时看到我，我往回走，拎着画在小区里转悠了一小会，来到了何小伟家那幢楼的背面，这样他遇到我的概率很小。我把画靠在一棵树上，自己坐在花坛上抽烟。小区绿化很好，此刻来往的人也不多，恍惚间有种小公园的感觉。我到处看看，目光落在花草树木上，旁边的油画和顶天立地的高楼一时间让我感觉很抵触。我从小在丘陵里长大，看惯了植物和绿色，而近二十年的生活则是远离绿色的生活，办公室、会议室、大街、高楼、商场、飞机场、火车站、饭店、酒吧等，这些事物已经改变了我的视线。于是，每次看到大面积的绿色，我往往会有一种不真实的感受，心情激动却又无从谈起。

　　何小伟突然发了一个消息给我，是一句非常有意境的话：黄晓露是我最近认识的。我们一见钟情。经历过妻离子散，对我而言她胜过一切，是我永恒的项目。

　　我回他一句：我又没想跟你抢！

　　我觉得这句话显得过于亲密，或者容易引起误会，又补充一条：她就是你的老婆和女儿，也是你的事业，你要好好珍惜。

　　这话让我一阵肉麻，我倒入戏了。何小伟没再回，应该是投入到炽热的感情中去了。我继续坐着，等着，偶尔看看眼前的画，叹口气，它要是能自己站起来走掉该多好。若干年后，架上绘画是不是会被淘汰，雕塑是否会大行其道，人们是否会流行给自己做一个原样的雕塑，那些雕塑是否会成为智能雕塑，也就是人的艺术化的克隆。当被克隆出来的雕塑发达到具备人类的智能时，他看着原来的自己是不是会觉得特别烦躁，然后他制服了原来的自己，并且宣布，你才是被克隆出来的！

　　过了半小时，我几乎要睡着了，手机响起来。老南问我在哪，我以为他已经到了，一边告诉他我马上去小区门口，一边站起来。老南说，我可能来不了啦，我遇到车祸了，四车追尾，我是第三辆。

　　他说完，我就听到电话那头传来了热情洋溢的吵架声。几个人你一句我一句互相抱怨，瞬间，一个人提高了嗓门，于是他们吵了起来，彼此攀比着谁更凶狠、更牛气，嗓门更大，说话更具杀伤力。辱骂声也已经能听得到了，老南骂得很凶，他似乎是故意不挂电话让我感受到他的困境，可能，他还希望我在电话这头成为他的帮手之一呢。真正让场面混乱的不是吵架，毕竟才三四个人，吵架也是有限的。让场面彻底失控是旁边有人似乎在劝架，这完全破坏了事物的规律。吵架的几位，从震怒到发作，从发作到失控，从失控到冷静，从冷静到偃旗息鼓，都有据可循，也一定会如此发展下去，但是劝架的人一张嘴，吵架的人立刻思维混乱、情绪彻底失控，他们被搞得方寸大乱，恼羞成怒，立刻把劝架的人也纳入吵架的范畴，于是这件事的复杂程度立刻呈几何级增长。

我对着老南喊，老南，南老师，老南，南小天，别吵了，你来不来得了啦？他置若罔闻，或许他已经认为电话早就挂了，岂知他不挂我也没挂，我还在听着呢。突然间他把电话挂了，一分钟不到，他再次打给我说，我来不了了，吵得很厉害，等交警来处理。我问他，你没事吧，没受伤什么的吧。老南听闻，立刻以无比自豪的语气大声说，我没事，什么事都没有，车子也没事，被我撞的车和撞到我的车损失有点严重，所以他们拉着我不放，实在是晦气……他正说着，别人大概忍受不了他的德性，又和他吵起来，我甚至听到了他拿电话的手被拽开的声音，然后又是一阵让人心烦意乱的吵闹与调解。最让人难以忍受的是中年男人的嘶哑的声音。最让人难以忍受的是中年妇女不知疲倦的叫骂声。最让人难以忍受的是自命不凡的家伙死命按下汽车喇叭的声音。最让人难以忍受的是一群人叽叽喳喳自顾自说个不停的声音。所有最让人难以忍受的声音都从老南的电话里传了过来。我突然间觉得悲哀，挂了电话，决定不找老南帮忙了。我还发现自己最近若干年的生活噪音始终太大。

这时已经是下午六点，下班的人陆续出现在小区里，有人步行有人开车。我坐在花坛也不是办法，于是拎着画，朝小区外面走去。一路上遇到的人很多，大家都处在下班后的疲惫或者两种生活状态转换的间隙，对我毫不在意。我快步走出小区，来到马路上。眼前一片拥堵，公交车私家车电动车自行车和行人组成了一股洪流，摊贩则是洪流中的岩礁。我还发现，根本看不到出租车。

我不愿意挤公交车，也不愿意步行几百米去挤地铁。抱着试试看的心情，我往地铁相反的方向走，站在一个十字路口，一边抽烟一边等出租车。因为位置，注意到我的人很多，进而注意到我手里这幅画的人也多了起来，有人绕过我之后还回头看看画面上的内容，这让我觉得非常不好意思。我微调了一下，让画靠身体更近，并且用身体挡住画面中自己的脸面，这样我少许安心了一点。但一直看不到出租车，难得看到一两部出租车，都是灰头土脸地在车缝中穿行，自身难保的样子，毫无平常时分出租车的灵动和放肆。

天下起雨来，雨滴噼里啪啦地落到街道上，落在我的眼镜上和画布（背面）上。因为没有风，雨水以自由落体的状态重重地砸向地面，虽然稀疏，但扎实有力，我一瞬间觉得特别悲惨，手足无措。

我往后退了几米，站在一家服装店门口。这样我可以躲开一半的雨，但是不可能拦到出租车了。想了想，还是给何小伟打电话，我打算把画放回去，找时间开一辆车来拖走。

何小伟在电话里大惊失色地问我，你还在我家附近？

千真万确，我站在"花田半亩"服装店门口，旁边是"张胖子大碗皮肚面"，这边是"世界名表名店"。

他连连称是，又问我，怎么这么久还在这附近，现在去哪里呢？

我如实告诉他，因为没办法把画拿走，我让老南来接我，结果过了半个多小时他说他不能过来，我只得自己往外面走，这么一耽误就到了下班高峰期，打车公交地铁都很麻烦，所以你看，我还是把画放在你画室，明天我再来拖回去。

他略微沉默了一下。我以为这个沉默的意味是不高兴，确实，任凭哪个画家，看到赠送给别人的画在离开自己画室近一小时后又被送回来，都会有挫折感。对画家而言，一去不复返是自己某幅作品的必然属性，更是最高境界，它被拿走了，再也不会回来，成为回忆，成为记忆，甚至什么都不算了，这才是艺术的指向之一，艺术家的巅峰体验之一。而现在我要把画还给何小伟。谁知道这是不是意味着不屑一顾，再也不要了呢？

但何小伟在沉默之后对我说：我现在人在江北，在我女朋友浦口的工作室里，过去要一个多小时，这个时间要两个多小时。你走回家两个多小时也就够了。

　　我骂了一句，越发懊丧。我最长的步行记录是三十五公里，从南京走回郊区的老家，现在要我走回去是轻而易举的。但我做不到带着自己的画像在闹市区步行三四公里。

　　我说，要不我放在你小区的门卫那里，然后最快今天晚上就拖走。我到了门卫那里打你电话，你和他打个招呼。

　　何小伟同意了，我于是返回。不到十分钟，我回到了小区门口，站在门房的屋檐下，一边擦着脸上的雨水一边看看画有没有被淋湿。已经被淋湿了，但是画面看不出模糊的迹象，毕竟是丙烯，如果是国画之类此时大概已经完蛋了。我把画靠在墙上，画面自然还是朝里，然后从包里拿出一包烟以备递给门卫。

　　我推门，和正在失神发呆的门卫打招呼，说明来意。不出所料，他对我说，好，你让业主跟我说一下。于是我打何小伟电话。电话不通，那头传来清脆的"您所拨打的电话不在服务区或已关机"。再打，那边是嘟嘟嘟嘟的忙音。再打，那边是毫无声音。我愤怒地想，看来何小伟不仅关机，而且带着关掉的手机去了没有信号的地方，然后又把手机电池下下来了！门卫面带嘲讽地看着我，虽然没有恶意，但是让人紧张。如果和门卫求情，以一包烟的代价让他同意我把画放在这里一天，我自信能做到，但是我不想再费口舌了，我一句话都不想说。我给面对我的和背对我的门卫各递上一根烟，转身拿着画走进了小区，来到我此前休息的地方，在小雨中，我拿钥匙把画框上的钉子起了出来，把绷在画框上的画布拆下来。拆到最后，我几乎是扯下来的，画布边缘于是被我撕出了一个大裂缝，好在这部分布上面没有什么内容。我把画框扔在花圃边上，把画布折叠起来拿在手上。因为是厚重的亚麻布，再加上颜料，折叠之后非常厚，而且很大，足有两本杂志那么大。我没法把它折叠成一本杂志那么大。

拿着这么个谁也不知道是什么的玩意，我长出一口气，快速朝小区外走去。我决定坐地铁，在快到地铁入口时，我走进一家便利店，对服务员说，买一个塑料袋。她问我，就买塑料袋吗？我说是的，她回答我说，不买东西的话不能买塑料袋，我们又不是专门卖塑料袋的。我有点着急，顺手拿起一盒收银台边堆放着的口香糖说，买个这个，再拿个最大的塑料袋。

营业员问我，你买这么小一盒口香糖，需要买一个最大的塑料袋吗？我怒不可遏，顺手拿起两盒堆在边上的安全套说，这么多够了吧，这么多，一个最大的塑料袋。

营业员此前并无恶意，只是以好员工的身份在较真，现在她理解到我最需要的是塑料袋，便不再说话，我付了钱，拿起塑料袋就走了，口香糖和安全套都没拿。她在后面喊道，你东西没拿。

你留着用吧，我狠狠地喊了句。

站在便利店外面，我狠狠地把画布再折叠一层，如果影响到画面我也不管了，再拿塑料袋套住它，拎在手上，往地铁入口走去。地铁距离我只有三十来米，这时雨突然大了，我想等一会，但是营业员和其他顾客可以看到我的背影，知道我就是刚才发神经大喊大叫的人。我只得冒雨往地铁入口跑去。雨实在太大，我把塑料袋顶在头上，刚放上去，想到它是画布而不是雨披，就再放下来，夹在胳膊下面冲进了地铁站。

晚上七点半左右，我回到家，一边抖落身上的雨水，一边把画布从塑料袋里拽出来。两岁半的女儿站在我旁边，仰着脖子，口齿不清又喋喋不休地问我：爸爸你拿的是什么，我要看要看……爸爸你拿的是什么啊，给我看一看吧……画布上只有一大片浓淡不一的蓝色颜料，看不出任何图形。女儿还在仰着脖子看，我把一张偌大的画布拖到地上，对她说，给你。她也听话，拖着画布朝她自己房间走去。她房间里有大约两百支颜色各异的画笔油画棒之类，现在有了这么大一块画布，可以尽情涂鸦了。

这种感觉又蔓延到生活的所有领域，自己的一切都在此情此景下出现了莫大的疑问，像远处山顶和天空的交界处一样，不真切，不知道起于哪里，止于何处。

悲剧之旅

一

下午两点，牛山坐地铁去高铁车站。他的双肩包里有如下物品：眼镜、换洗衣服、睡衣、干湿面纸、香烟、打火机、精装笔记本、《我亲爱的精神病人》，里面夹着一只红色水笔、钥匙一串，上面还有一个U盘、车钥匙、名片、眼药水、市民卡、手机充电器、空杯、红茶、警用手电筒，当然还有钱包，内有身份证、现金两千元左右及多张银行卡、信用卡、消费储值卡和儿子幼儿园的门禁卡。这些物品既满足了日常生活，也可以应付短途旅行。

他要去彭州，一是出差，二是为了见一见老同学程军。当年牛山和程军是死党，踢球打架逃课打游戏等都共同经历过。很多次，两个人如同情侣一样在深夜的操场上并排跑步并谈论各种话题。毕业时他们抱头痛哭，而后多年不联系。某天，牛山突然接到一个电话，对方带着醉意说，老牛，我离婚了。

牛山愕然地问他，你是谁。

我离婚了，老牛。

牛山知道一定是熟人，大喊：你是谁啊，快说！

老牛，我是程军。

是你啊。

是我，老牛，我离婚了，哪天你来，我们喝酒，我离婚了。

他们最近一次见面就是在程军的婚礼上，距今十年。那是一次充满鸡蛋的婚礼：让夫妻双方额头顶着一颗鸡蛋来回走动……当程军反复说着离婚时，牛山看到了鸡蛋摔在地面，黄白相间的液体四处流淌的画面。

感情破裂了？牛山问。

破了。

后来，程军又一次带着醉意打电话给牛山，还是那句话，老牛，我离婚了，来喝酒。牛山有些烦躁，问道：你在哪，怎么感觉旁边好像很多姑娘。

你来了就知道了，我自己有一个场子。

什么场子？

皇家会所！一个姑娘大叫着回答牛山，牛老板你来嘛，我代表程总招待你。

还有我，还有我！其他几个姑娘一起叫起来。

哪天我去！牛山说。去之前告诉你。

当单位在彭州有事要处理时，牛山打电话给程军，问他明天有没有空。程军很冷淡，不断说你来你来，我来安排。他只是应付承诺之事，毫无热情，好在这也是确认。

地铁站里全是人，一排排乘客木然地走向等候区，他们似乎是为了证明生活无趣而存在的。但生活中有很多有趣的事在等着我们，比如去和程军喝一顿。牛山给老婆打了个电话，告诉她自己出发了。老婆照例抱怨了几句。她不是反对，只是抱怨，抱怨没人一起吃晚饭，抱怨一个人带孩子，抱怨牛山总是在外奔波但是收入也就那么点，然后她开开心心地挂了电话。

地铁进站，牛山随着队伍挤上车，顿时淹没在脊背肩膀脑袋的汪洋大海中。他个矮、消瘦，很容易被人群淹没。牛山把双肩包放到胸前，抓着栏杆，身体随着列车的前行和人群的动荡微微晃动，一会前一会后，一会左一会右。地铁总在意犹未尽地跑，启动、加速、减速、停车，周围的面孔和服装在不断变化，姑娘变成大爷，少妇变成壮汉，本地学生的方言变成了遥远边疆的面孔。

老婆又打电话问牛山电烤箱的说明书在哪里。地铁里信号不好，几句话说得磕磕绊绊。牛山听明白后，没好气地说，就在那里。老婆哦了一声，利索地挂了电话。她知道那里在哪。

地铁继续往前，牛山用左手抓着栏杆，右手放在上衣外侧，算是保护着手机。随着临近高铁站，地铁里的人多了起来，牛山感觉自己被挤得往右倾斜了，他不由自主地伸出右手抓住栏杆。这时电话又响了，不大的声音传上来，伴随着震动。牛山非常烦躁，他知道这个电话还是老婆打来的，她大概没找到说明书。眼看下车在即，自己双手动弹不得，牛山决定不接，下车后再回过去。

下车后牛山长出一口气。车厢里太闷了，气味丰富，浓郁无比。牛山上下班都是步行，每天都路过百十家店铺和时代的变迁，也省去了公交地铁里人烟味油烟味。随即，牛山发现手机被偷了。

这让牛山陷入了同现实世界失去联系的恐惧中，随之而来的是懊恼，刚才如果腾出手来接电话，或许不会被偷。这就是对最亲近的人缺乏耐心的恶果。整件事发生在几分钟之前，这几分钟的时间似乎还在眼前，没有走远，但也不会停顿和返回了。无论朝哪个方向看去，过去的时间都意味着一种既成事实，它站在自己的对面，无法触及。

牛山一边懊悔，一边犹豫还去不去彭州，一边找公用电话。这同时发生的三件事让他精疲力竭，其实还要加上第四件事，就是后悔决定去彭州。那里自古就是兵家必争之地，有摩崖石刻和古战场，也有当地人引以为豪的烧烤。这一切都要理性安排并且慢慢享受，自己匆匆前往，太追求程军承诺的酒色了。酒色破财，自己的手机刚买不久，价值四千。

牛山尝试借手机打电话，每一个被他挡住的人都拒绝了他。有的嘟囔着：你骗谁啊！有的说：对不起我没空。

牛山在车站值班室借用了电话，给老婆打过去，没有人，三次都是如此。在保安质疑的目光中，他赶紧递烟过去，再给同事打电话，接通后他说，帮忙在桌子上的名片夹里找到滕云的电话。马上就找一下，我等着。同事去找，牛山掏出笔记本和笔，等着记录。随后他打滕云的电话，幸好滕云接听了。牛山说，把程军的电话告诉我一下，我正在出发去彭州。

现在没有，办公室电脑里有，我现在在街道开会，回头我发给你。

发给我没用，我手机被偷了。我借车站的电话打给你的，马上就要去彭州了。

那你就别去了，赶紧去买个手机，办个挂失。

不行啊，我去彭州是出差，单位有事。说到这里，牛山发现去彭州要找的人也无从联系了。只能到了彭州再买手机，然后跟同事要相关电话。彭州一定要去，程军及其身边的姑娘们一定要见见，让手机成为一个插曲吧。

滕云想了想说，我大概一小时后回单位，我就把程军的号码存下来，你到了彭州随时打我电话。

牛山说，好，你回头有空给我老婆打个电话，告诉她我手机被偷了。我刚才打了几次她都不接，发个消息也行。

滕云答应了。牛山挂了电话，再次向两位保安递烟、道谢，然后去办乘车手续。他从钱包里取出身份证和几百元现金，装在上衣口袋里，如此就不必总是把双肩包取下再背上。取了票，时间还宽裕，牛山带着绵绵不绝的悔恨和对自身愚蠢的恶毒诅咒在外面抽烟。眼前人来人往，他们这都是要去哪里？

二

牛山找到自己的座位，09排B座。A和C上面都坐着人，里面那个人正仰着头大睡，呼声大作，像往外吐着一颗颗发臭的豆子。C座是一个中年人，穿戴整齐，目光炯炯。他客气地给牛山让座，牛山把座椅调到最低，全身放松，闭上眼睛，唯有如此，才能忘记真实发生的事。

火车缓缓开动，随即高速向前，如同一颗射向山川湖泊的子弹，窗外的一切在扭曲变形，离人类远去了。

坐在他边上的人开始打电话。这很正常，不正常的是，因为靠得很近，牛山听到了旁边这位的每句话，也听到了电话那头的每一句话。

这里：是我啊，不忙吧。

别处：不忙。

这里：我也不忙，在去北京的火车上。你现在住哪？

别处：还是住在江北。

这里：每天来回跑？

别处：是啊，每天路上要花三个小时，每天都要早起。

这里：简直就是长途啊，你够辛苦的。现在有没有男朋友？

别处：没有哇。

这里：快找一个，老大不小了。你长得又不丑。

别处：没有合适的啊。我也想赶紧找一个。

这里：你是哪年的啊？

别处：一九八六的。

这里：我这么大的时候已经结婚了，还被催得半死。你怎么搞的哈哈。

别处：呃……哎，太失败了。现在又要过年了，哎。

这里：哈哈，是又要被逼问了。你以前交过男朋友没？

别处：以前有啊，去实习的时候刚分手。后来一直没谈了。

这里：干吗分手。

别处：老是吵架，没有什么原因就吵了起来。后来他毕业了，去了河南大学。他是河南人。

这里：一般而言，结婚一两年最容易吵架，恋爱时不该的，大家都很客气是吧，吵了就是不合适。你得再找找，不然奔三了。

别处：是啊，正在艰难搜索中，但总是高不成低不就的。

这里：你也喜欢纠结啊，处着再说呗。

别处：哎，白羊座比较怪，注重感觉。我妈已经快对我绝望了。

这里：现在人长寿，她肯定能等到你出嫁。你注重什么感觉？

别处：我也说不出来，所以困难啊。现在也怕谈恋爱了。

这里：你不会是个那个，老处女吧。说这种感慨的人很多都是。

别处：是吧。选择一个人结婚就像选择一种今后的生活，想想都觉得恐怖。

这里：我猜对了哈。难怪老是吵架。结婚确实需要用心经营的，但很多人喜欢把它看成命的一部分。

别处：是哎，我就搞不懂为什么到这个年纪就非得结婚。结婚应该是水到渠成的。

这里：因为这个年龄是生育的好年龄，老人也快老了。

别处：看来找灵魂伴侣的可能性没有了。

这里：你这个太理想化了吧。还是先找到生活伴侣，再看看能不能进化成灵魂伴侣。

别处：估计那是不可能了。

这里：未必吧。总得有个开始，然后再慢慢升华一下哈哈。你要知道，灵与肉不分家的。

别处：真不分的话，那没那么多分手的和离婚的了。

这里：分手和离婚就是说明某处出问题了，往往还就不是灵魂。

别处：哦。

这里：触及灵魂的方式很多，语言，视觉，表演，财富，关爱，美食，性生活，异域他乡，但多数来自日常生活。你把这些都排除掉，纯粹追求灵魂它没由来啊，也找不着。

别处：（沉默一阵）哎，越来越觉得我这号的找不到对象了。

这里：哈哈你要转型升级。

别处：亚历山大。（牛山听了一阵恶心，他厌恶此类新词汇）

这里：改天请我吃饭吧，我成咨询师了。

别处：行啊，这两天忙着搬家，等事情弄完。

这里：好的，搬进城啊。

别处：没有，还在江北，房子还是前几年买的。

这里：最好住城里，别和父母住。

别处：城里房子买不起啊。

这里：先租一个就是。

别处：我也看过不少，单身公寓太贵，合租又不方便。

这里：努力挣钱，空间和时间至关重要。

别处：存了几个月的工资都贡献出去了。

这里：什么意思。

别处：赞助装修了。

这里：哦，那你还得做好几年乖宝宝了。

别处：哎，是我主动贡献的。

这里：你真好心。我请你吃饭吧，你都没存款啦。

别处：还留了一点私房钱。

这里：还是我请吧。

别处：那不行。

这里：好吧好吧，等我回去约你啊。

牛山把茶叶倒进茶杯，起身，旁边这位客气地站起身给让路，把电话紧紧按在耳边。牛山来到车厢接口处的开水供应处，往里加满开水，拧紧，随即进了厕所，小便，洗脸。出来后牛山不想回座位，不想再听到一个中年人用恋爱的口吻跟一个小姑娘说话。

广播响了，播报前方是南怀站，广播还说，因为停靠时间较短，请未到站的旅客不要下车。这似乎在提醒抽烟的人，他们纷纷走到车门边，烟拿在手里，准备出去过把瘾。牛山也决定下车抽根烟。

每个车门外都站着四五个人在抽烟。大家都谨慎而疯狂地抽着，使劲吸，腮帮子都瘪了。哨子声响了起来，火车发出嘀嘀嘀的关门声。牛山扔掉烟转身回车里，眼角的余光看到其他车厢有人正在往里走，这让他感到放心。一个人猛然间出现在牛山身前，手里拎着很多个箱子，吼着我要下车我要下车我要下车，差点耽误了……这个人连同一堆行李硬生生把牛山挤回站台，车门关闭。这时牛山看清楚，眼前是一个壮硕的中年妇女，面红耳赤，吃惊不小的样子。

火车缓缓开动，牛山大喊一声，停车，停车！无济于事。那妇女回头看看又迅速扭头走开，牛山冲过去抓住她的行李。

你把我挤下车了，我要去彭州的，我的包还在车上！

那女人看了他一眼，眼神里带着几分紧张。这只是短暂的，随后她大吼一声，谁让你下车抽烟，说了不要下车，活该你！说完她浑身一抖，把牛山的手震开，迈步往前走去。

牛山目送着她离开，转头，火车早已经毫无踪影。他的包还留在车上，包里有大大小小几十件物品，它们会被人拿走，还是在审慎的旅客注视下由乘务员处理？这只可笑的双肩包已经陪伴他多年，以这种方式消失不见，既决绝，又可供想念。

牛山慢慢往出站口走去，浑身无力，被晦气折磨得喘不过气来。但他没有慌乱，身上有身份证和几百块钱，口袋里有一包烟一个打火机，手里还拿着一个茶杯，里面装着红茶。这既满足了日常生活，也可以应付短途外出。

牛山还是决定去彭州，老同学程军以及那些姑娘吸引力太大了。就让丢手机和丢包合二为一，成为一个插曲吧。

三

牛山摸索到售票处，在满是站名的电子屏上搜寻下一趟去彭州的火车。很多，南怀和彭州都是交通要塞。牛山放心地走到售票窗口，要买最近一班去彭州的车票。

六点钟的一趟有座位，之前的几趟都没有座位了。

我不要座位，能上车就行，牛山和售票员商量。

没有座位就是指没有票了，我这里不能出票。

牛山掏出自己那张车票给售票员看：我本来是从南京到彭州的，刚才停车的时候我下车抽烟，火车开动时我被一个急着下车的人挤下来，错过了火车。我要去彭州办事，现在这张票能不能再坐下一班车？

售票员思考了一会，用方言嘟囔了几句。牛山有点着急，补充说道，我可以坐后面随便哪一班列车到彭州，然后出站，不算逃票吧，只不过晚出站一会。服务员面带微笑，努力用普通话说：那你干吗还要到这里买票呢？你应该一直站在站台上等着。

这算是肯定的回答。牛山愤怒地看着售票员。他对眼前的人没有什么意见，而是对眼前的事有意见。为什么我要出站，为什么站台上没有服务员，为什么刚才出站时没有人检票并提醒一下自己？

牛山转身，进到候车大厅，直奔检票口，径直走到木然的工作人员面前，掏出车票，把自己的情况和她说了一遍，带着恳求的语气说，让我过去吧，我上下一趟去彭州的车，这不算是逃票吧。

工作人员木然地看着牛山，最后冒出一句：重新买票去！

牛山耐着性子说：你看，我只不过是换了一辆车，没有多坐一站路啊，你让我进去吧。

重新买票去。

牛山走近一些，看看空空荡荡的大厅，从衣服口袋里摸出一张一百元递过去说，这一百块钱给你，让我进去吧。

女人木然地看着他。牛山说，从南怀到彭州的票不过几十块钱，我赶时间。你让我进去吧。

你有病啊，重新买票去！木然的女人突然高声喊起来，充满拒绝诱惑和训斥他人的快感。

牛山把身上的钱全部掏出来，一共是五百六十元，他留下零钱，把五百元都给递过去。这么多可以了吧？我有急事，真的不是想逃票。

那女人又恢复了木然的表情，不看牛山一眼。

牛山突然也喊了一嗓子，给你一万块钱行不行？

那女人显然有些意外，一万元如同一团火一样让她的眼睛骤然睁大了，可牛山已经转身走了。

四

墙上的钟显示现在是下午三点四十五分，牛山捏着一张六点的车票。还有两个多小时。按照约定，六点不到牛山就应该到了彭州并电话程军了。牛山想着给程军打个电话。他从售票厅出来，站在南怀车站广场，看哪里有公用电话。

他首先看到了群山。南怀高铁站建在荒郊的丘陵之上，它前方是隐约的群山，此刻，在午后阳光的照耀下有一种神圣的光彩。牛山隐约记得，这些山曾经孕育过一位对中华民族有着巨大影响的伟人，虽然伟人本身只是传说，虽然他在这里居住耕种是传说中的传说，但牛山相信这一切都是真的。这些山还曾经是无数战役的战场，那些战役构成了历史。但是眼下，这些山只是绿得发黑，毫无特色但散发着美感。它们有着悠远的姿态，和时代的令人紧张的速度不相符合。它们被高速火车穿膛而过，毫无回手之力。

牛山决定去山里看看，哪怕只是山脚。他挥手招呼一辆出租车，然后和师傅咨询并讨价还价。最后达成的协议是，付两百块钱，师傅带牛山去半山腰的禹王村，大约二十分钟路程，等牛山考察一番后再负责送他回到这里。师傅答应借手机让牛山用，打几个长途。

一坐上车，师傅就把他的小而破旧的手机递给牛山。牛山给老婆拨电话，告诉她自己手机丢了，但没说背包丢失和半途下车的事，而是说已经到了彭州，借别人的手机打的。老婆抱怨了几句，非常严厉地告诫他注意安全，小心贵重物品。牛山还让老婆把滕云的电话发到这个手机上，本来记在笔记本上的，但此刻笔记本大概距离自己一百公里远了。

老婆答应照办。他们又闲聊几句，挂了电话。牛山一边看着四周的乡间景色，一边等待老婆的消息。车窗外的一切和在火车站看到的一切并无本质区别，但这里看到的更为真切、新鲜。破旧的房屋构成了破旧的村庄，没有一个人影和猫狗鸡鸭，家家户户大门紧闭，很多大门上的春联只剩下粉红色的痕迹。偶尔出现的两层楼房和偶尔出现的土墙草房一样触目惊心，大部分的房子是带着夸张屋檐的平房，一排三间或者五间。偶尔出现的衣着臃肿的小孩和偶尔出现的摇摇欲坠的老人一样触目惊心，村子里见不到青壮年了，时代驱赶他们离开故乡，去远处觅食维生。

滕云的电话号码发了过来，牛山拨了过去。电话里，牛山告诉滕云，自己此刻身在南怀，手机背包都丢了，你把程军的电话发到这个手机上吧。滕云对此非常不解，劝牛山赶紧买票回南京。牛山推脱说，单位的事情必须要自己去彭州解决。

见劝说无效，滕云答应马上把程军的号码发过来，并关照牛山不要再误了去彭州的车。

出租车正往山坡爬去，山路不算崎岖，铺着水泥。两边的村子明显被拉长稀释了，三三两两的房子犹如哨兵一样守卫在半山腰。这里的房子更为破旧，而且显得冷清阴森，似乎自建好以来就没有人居住——大概也确实如此吧。

　　滕云的消息迟迟没来。牛山看看手里的手机，没电了。他问师傅，手机怎么没电了？师傅用方言回答，这个手机有点问题，常常在还剩一半电的时候就突然间全都没有了。

　　牛山把电池拆下来，再装上，试试有无可能再维持一会。但电池只够维持重新开机的，手机开机后不过几秒就嘀嘀两声，再度关机。这几秒钟里，牛山看到了有一条未读信息，但随着屏幕变黑消失了。牛山有些着急，手机已经没有反应了。

　　牛山有些恼火，问师傅有没有充电器，师傅说没有，说自己还有一部手机，要不要用？牛山看看师傅，没力气解释了。

　　他们在某个空旷的地方停了下来，最近的房屋距离他们大约五十米，这应该是村头了。前方是一大片开阔地，青山绿水，一层层随山势而上的稻田，稻田的尽头是树林，笔直密集，长势喜人，树林的尽头是蓝天，下午温和的阳光给眼前的一切都蒙上一层光泽。

牛山说，风景如画。

师傅露出一个木然而阴森的笑容，牛山递给师傅一根烟，然后说，还是麻烦你把那部手机给我用一下吧。牛山又一次打通了老婆的电话，告诉老婆，自己在南怀，在距离高铁站不远处的群山里，在禹王村一带。老婆吓坏了，反复问了好几个问题，确认有南怀这么一个地方，确认牛山安全无恙，最后，她让牛山赶紧买票回南京。

没事的，去彭州的票已经买好了。六点整，不到七点就能见到程军了。牛山又说，刚才说到了彭州是不想让你担心。可惜刚才用的手机没电了，除了你我谁都联系不上，你赶紧再把滕云的号码再发到这个手机上面吧。老婆答应一声，牛山改口说，还是报给我，我背下来。

老婆把滕云的号码报给牛山。拨过去，占线。连续四五次，都是在占线。牛山想，等着吧。

滕云一直没有回电，牛山也没有再拨过去，打算到了彭州再联系。站在碧绿但显得荒芜的群山中，牛山突然对此次彭州之行产生了质疑和厌恶。这种感觉又蔓延到生活的所有领域，自己的一切都在此情此景下出现了莫大的疑问，像远处山顶和天空的交界处一样，不真切，不知道起于哪里，止于何处。感慨间，师傅递过来一根烟。牛山问他现在几点了。师傅挥挥胳膊，看看手表。四点五十。

从停车到现在，不过半小时。除掉打电话的几分钟，真正用于游目骋怀的时间很短。这只能算是对历史和人世的匆匆一瞥。但牛山觉得够了。他对师傅说，回去吧。车子发动，朝着山脚开去，牛山不再盯着窗外看，所谓的景色，新鲜感已经消失了，留在了再也不会涉足的身后。

牛山在车站外的超市里买了一包烟，早早来到候车室等候。那个拒绝让他上车的服务员还在那里，和另外两个同事聊天。牛山想走过去冲她晃晃自己手里的车票，但忍住了。一个倒霉的人何苦去冲一个陌生人耀武扬威呢，这不是羞辱别人，是羞辱自己。牛山觉得自己唯有等待，等待见到程军，等待回南京，让一切恢复常态，犹如伤口被缝合，伤痕逐渐淡去。

五

到彭州时是晚上七点。空空如也的肚子让牛山觉得精神抖擞，空空如也的双手让他显得非常潇洒惬意，他深感一个人确实不需要太多的物件。或许这不现实，但这种身无长物的感觉确实很好。

彭州高铁站距离市区大约十五公里，最大特点是空旷，浓郁的夜色和浓重的雾霾让牛山看不清车站的全貌，只是跟着人群和指示牌往出租车候车点走去。大约走了一公里才到，等了十五分钟，牛山坐上出租车。

牛山对司机说，去鼓楼广场。那是彭州的市中心，去那里一定没错。随后牛山跟司机借手机。司机拒绝了，他带着几分凶狠说，没有手机！牛山说，我付你钱，就打两个电话，联系一下家里人和彭州的朋友。

司机说，你找公用电话吧，我没有手机。

牛山问司机，你知不知道皇家会所？

知道啊，新开的是吧。

牛山说，对，就去那里吧。

那不在新街口，那儿在城西，可远着呢。

就去那里。牛山不容置疑地说了句。这时司机的手机响了，司机一边开车一边接电话，语气出奇温柔，嘘寒问暖的，还不停地对着小小的手机点头哈腰。牛山扭头看着他，司机露出羞涩的表情，语气则更加温柔。

牛山听懂了司机五分之一左右的话，应该是未婚妻之类，虽然司机看上去至少四十岁了。未婚妻应该是在遥远的外地，因为他听到了"你来""我去"之类字眼，还提到了好几次"娃儿"。牛山大致明白了司机为何不肯借手机了，放松下来，随着车子颠簸摇晃，他睡着了。

六

牛山醒来，发现自己身在一个灯火辉煌的房间里。一张巨大的桌子堵在眼前，自己睡在一张宽大但是廉价的沙发上。他一睁眼，就模模糊糊地看到三四个人带着打架闹事的架势朝他走过来，程军熟悉但夸张的吼叫声随即升腾起来。老牛你醒了啊，你难道是跑步来彭州的，怎么睡成这个样子？

牛山摸索一下，没找到眼镜。他问，我的眼镜呢？

什么眼镜，哦，你戴眼镜的，没看到啊。程军继续喊着。他逼近牛山，拍了一下牛山的肩膀，又搂住刚才拍打过的地方，对着牛山的耳朵继续咆哮，夹杂着哈哈大笑：我等你老半天也不来，滕云给我打电话说是你手机丢掉了。可是手机丢了你怎么会火车晚点呢哈哈，后来又接到滕云的电话，说你被丢在火车站了哈哈哈哈。我就等着呗，我从五点钟就开始在这里等你给我打电话。老牛啊，这么多年你从来没主动联系过我啊，从来不打电话给我，连到了彭州也不打。

牛山插了一句：我来之前不是给你打电话的吗。

那不算，你到了彭州之后怎么不给我打电话，坐上车子就直奔我这里。你太厉害了，你怎么知道我正好在门口候着的哈哈哈哈。

我不知道，我的眼镜呢？

没看到，你们有没有看到？他扭头对其他几个人影喊道。得到的回答是没有人看到。一个小伙子说，大概是从出租车里拖出来时给弄掉了。

你是不是跑来彭州啊，怎么睡得这么死，我让四个人才把你给弄到这里! 你还抓着茶杯。

我怎么会到这里的, 我不是在出租车上的吗?

是的, 你是在出租车上的, 那司机往门口一停, 就坐在那里打电话, 还大哭, 不知道发什么疯。我正好在门口晃悠, 伸头一看, 是你, 当时我就傻掉了。我过去把司机的车门踹开, 问他怎么回事。他说你让他给送到这里的, 他电话里谈着急事, 说是未婚妻不肯结婚了, 他活不成了。看见你睡着了, 就想着打完电话再让你下车。

牛山哦了一声, 程军接着说, 太巧了, 我看你是累惨了, 让人把你弄过来, 然后把司机打发走了。

我的眼镜呢? 牛山大声问道。

都说没看见。程军说, 实在太巧了, 我正好在门口晃悠, 不然哪能这么快见到你, 如果我出去办事情, 我们还见不着了。

牛山笑笑说, 我眼镜没了, 现在我都不确定你是不是程军。程军哈哈大笑, 拍着牛山的肩膀说, 但是我一眼就看到你了。你到底忙些什么事情了, 在这儿还睡了这么长时间。

我睡了多久？牛山随口一问。

整整一天，从昨天晚上到现在，我都害怕你醒不过来。

父母家很快就在自己的左后方，越来越远，远得像自己没有途经此地，也没有在今天去过万松一样。

而牛小灯完全不认识路，只顾认真地听着音响里放的《一千零一夜》。

归途

牛山九点一刻到的停车场，距离十点钟还早，就打开空调，站在车子旁磨磨蹭蹭地抽烟。空气寒冷而干爽，枯枝败叶之间的天空多云但明亮，给人时间最好能就此停止的感觉。所谓时间停止，就是女儿不要长大，父母不要老迈死去。牛小灯站在一边说：爸爸，我能不能坐到副驾驶？她每次都这么问，牛山白了她一眼说：当然不能，要十二岁才行，不然交警看到要罚款。牛小灯夸张地叹息一声，又问牛山，交警怎么能看出来我是十二岁还是十一岁呢？牛山忍不住笑了起来，是的，你个子矮，要十五六岁才像十二岁，你就慢慢等吧。牛小灯做了一个愤慨的表情，朝牛山挥拳示威。上车后牛小灯要听成语故事，牛山说：等一下接到杨黎，我们就换成广播。牛小灯无奈地答应了。牛山在旅游学院门前停好车，给杨黎打电话。电话那边说马上就到，都已经看到你的车了。牛山朝通向万豪花园的那条小路看去，杨黎和王小菊正慢慢走出来。杨黎穿着一件火红色的羽绒服，暗红色的紧身裤，整个人像从火中走出来，王小菊穿上了单薄的皮夹克，曲线毕露。牛山招呼杨黎在副驾驶座坐下来，王小菊绕到左边上车，和牛小灯一起坐在后排。牛山朝六十公里外的万松市开去，一路上车辆很少，出城时偶尔车多缓行，上了高速后眼前几乎没有车。牛山不断提速，车子像子弹一样飞向前方，但始终无法击中视野尽头的目标。对面车道的车倒是很多，很多人在春节长假最后一天返回。杨黎突然感叹：陈海洋死得太可惜了，他要是不死，今天就可以一起去万松玩了。牛山不知道说什么，嗯了一声，专注地看着前路。很多人上了高速公路就没有再下来，还有人虽然下来了，但是丢下了手脚脸颊眼珠健康以及未来，集中精神是必须的。杨黎继续说：为什么要在除夕夜跳楼呢。牛山扭头看看他，想问他打算或者希望怎么死，考虑到王小菊和牛小灯，话到嘴边停住了。天空在汽车的飞驰中昏暗下来，天气预报所说的雨夹雪一事，在窗外的寒风和黑云之间流传着。

王小菊有一句没一句地跟牛小灯聊天，年过四十的她一直没要小孩，现在和一个小学三年级女生聊天有点困难，但她一直在坚持，似乎是感谢牛山开车带他们去万松。路过临江开发区出口时，牛山说：从这个出口下去，十分钟就到我父母家了。杨黎感叹，你真幸福，和父母离得这么近。牛山说，其实也不近，你看，从我接到你们到现在快一小个时了，有时候遇到堵车，回家也要两个小时，再加上回去，一天就只能干这一件事了。杨黎说：你怎么会这么想呢，你没发现你一天其实干了两件事吗？第一，你去了你父母家，第二，你又回到了自己家里，很多人要几天才能忙完这些事。牛山笑笑，觉得杨黎说得有理，这时他们已经把临江开发区出口远远甩在身后，车速快得像父母家随着脚下的土地一起参与了地球的瓦解，正在离开地球，往宇宙深处飘散。

高速两边逼仄的绿化树突然变成开阔地，远处是皖南的群山，在半空中留下几笔深浅不等的阴影。苏皖交界收费站空无一人，有种战后的荒芜，牛山说：下来抽根烟吧，我给滕鹏打个电话。几个人跳下车，王小菊说今天真冷，杨黎说，今天真暖和。牛小灯凑到牛山腿边说：爸爸，他们一个说今天真冷，一个说今天真暖和，到底怎么回事？牛山弯下腰对牛小灯说：这种问题你不要悄悄跟我说啊，你应该大声问他们，为什么你们一个说暖和一个说冷，你应该主动跟他们聊聊。牛小灯对这种训诫有些抵触，辩解说：我就是想问你，他们为什么说得不一样。牛山不知道该说到什么程度才好，继续敷衍牛小灯去问王小菊，说着他打电话给滕鹏，问他们到哪里了。滕鹏说刚刚上高速。牛山说：那不等你们了，我们已经过了收费站，饭店见。杨黎把目光从远处收回来问牛山：他老婆有没有跟他一起？牛山想想说，应该不会跟盛心月在一起了，上次我们去扬州一周，盛心月没有一起去，也没有一个电话。他们很可能已经分了？杨黎一边看向远处一边感叹：什么世道，这么多年的模范夫妻说分手就分手了，任何一对男女都不应该在一起，没有这个能力，谁都没有！说到这里杨黎几乎激动起来，牛山看看拍照的王小菊，扭头对杨黎说：到底分没分我也不知道，如果他带另外的女的过来，你当面问问他是不是分了。

继续上车后牛山跟着导航走，一头扎进大年初六热闹拥堵的万松市区，疑惑不已地绕了半个多小时，来到罗江订好的万国酒店。找到法兰西厅，一大群人已经在那里打牌喝茶，等候贵客。人数之多、装潢之古典都超出了牛山的意料，但这一切符合法兰西厅的宽阔。高大肥胖的罗江热情地扑向杨黎，用极大的嗓门和停不下来的大笑表示欢迎，身后的一大群人或大声或小声地表示欢迎。热烈欢迎杨黎、牛山以及王小菊和牛小灯。有两个人客气地从牌桌上让开，牛山和杨黎接替他们打起来。牛小灯拿起牛山的手机，缩在一张红木圈椅上看她最爱的《忍者神龟》。半个多小时后，滕鹏和顾老师走了进来，大家一阵喧哗，欢迎欢迎的招呼声层出不穷，滕鹏像大人物一样跟罗江及万松的多位朋友一一握手，他的身高和嗓门都超过了罗江，罗江大概也累了，不能再来一次。滕鹏身边的姑娘也偶尔伸出手和对方碰一下，满脸微笑。牛山对杨黎说：那个女的你认识吗？

滕鹏听到了牛山的话，转身对牛山他们说：这是我女朋友，何雨涵，这就是牛山，这是杨黎。滕鹏介绍时，牛山转身从牛小灯手里收回手机，吃饭了。

饭局从十二点多持续到三点半，中途经历了隆重介绍、白酒、啤酒、昆曲、通俗歌曲、诗朗诵、奉承、争辩、躬逢盛世、下次再来和南京见，还有杨黎很多次慷慨激昂的演说，说对一些问题的不同看法。他是毫无疑问的主角，如果不是因为他，罗江不会邀请其他人，一群人根本不能成行。当他说话时，罗江带领大家认真倾听，但滕鹏、牛山和顾老师无所谓，平时听得太多了。喝得微醺的顾老师突然提议，下午不回南京了，继续往南，去宣州转转。滕鹏和杨黎都附和，这让顾老师觉得这个想法真的不错。他一个个的确认行不行，包括何雨涵、王小菊和自己女朋友，逼问他们能不能一起再去玩几天。杨黎说，我在宣州那里有几个兄弟，其中一个家伙每次都会在家里摆上一桌酒菜招待我。这让顾老师激动起来，非去不可。只有牛山表示不能去，明天是新年第一天上班，实在不能请假，何况还带着牛小灯呢。

如果牛山不去，杨黎和王小菊只能挤在滕鹏的五座越野车里，后排要坐四个人。空间不是问题，关键是超员。罗江说，这一路不会有什么交警。只要不撞到人就可以，罗江补充。事情就这么决定了，下午四点，在漫长的告别中，牛山带上牛小灯往回走，滕鹏开车，六个人继续玩一两天再回去。看着几个人往滕鹏的车里钻，牛山忍不住朝那边喊，我走了啊，你们小心一点。没有人理会他，因为罗江率领着万松一行人正在热情地跟大伙道别，嘈杂热切的告别声完全盖过了牛山的声音，没人听到他的关照。在南京时，大伙在散场时往往丢下一句"走了"就真的走了，杨黎等人都以为此刻还在南京，都没在意牛山的离开。

午饭时牛山招架不住热烈的气氛，吃多了。为了不犯困，牛山不停地跟牛小灯说话。出发后不久，牛山就说：要不我们去爷爷奶奶家转一圈吧，到他们家楼下，站在楼下喊他们，吓死他们。

牛小灯哈哈大笑起来，觉得这样很不错。每次都是说好了再回去，这次不打招呼就回去，他们一定吓坏了。牛山接着说。

爷爷奶奶他们会不会不在家呢，他们要是不在家就不会被吓到了。牛山想想说，确实可能不在家，他们过年每天都要出去走亲戚，一直到初八左右。我也不能打电话问，一问他们就有准备了。

停顿了一会，牛小灯微微往前凑了一点说，爸爸，要不然你就找一个理由给爷爷家里打电话，随便说两句话就挂了。他们只要接电话不就是在家吗。牛山说，聪明！又想了想说，如果他们接了电话之后一会就出门吃饭了怎么办呢。

牛小灯嘟嘟囔囔几句，觉得太复杂，这么多的可能性让她有些恼火，不知道怎么办。牛山安慰她说：没事，如果他们不在家，他们就不知道我们回去了，就不会开心，但是我们开心啊，我们突然袭击，在楼下喊几声，爸爸妈妈我回来了，爷爷奶奶我们回来了，然后又开开心心走了，不也是很好。牛小灯哈哈哈笑了几声，像是在敷衍牛山。

半小时后，车子路过临江开发区出口，牛山犹豫再三，担心疲惫，担心大雪，更担心拥堵，还是靠左从超车道上一划而过。父母家很快就在自己的左后方，越来越远，远得像自己没有途经此地，也没有在今天去过万松一样。而牛小灯完全不认识路，只顾认真地听着音响里放的《一千零一夜》。

牛山父母每天晚上都会绕着小区里的人工湖走一圈。有时在绕湖走之前，他们还会和熟人一起跳舞，气喘吁吁又哈哈大笑，再带着极大的满足感继续去走湖，脚步不禁加快，因为此前已经耽误了时间，也因为此前的跳舞已经让自己兴奋起来了。这种急促的脚步和热烈的心情一道出现，有种老年生活中买一赠一的满足感。今天没有人跳舞，很多人在外地过年没回来，天气也不好。小雨一直若有若无地挂在半空中，说没雨可眼前总是潮湿一片，说有雨又丝毫不影响行动，灰蒙蒙的天空给人一种大事不妙的感受。他们决定在下午没事的时候先把走湖锻炼的任务完成，晚上还要去牛山伯伯家吃饭。

人工湖是本地中老年人的重要去处，它波澜不惊，偶尔被大风刮起的水汽会让湖边的人心旷神怡。它是随小区一道建起来的，在小区南面，从一个池塘一点点演变而成。拆迁后的人陆续搬进小区，发现旁边的人工湖之后，顿时有种欣喜的感觉，开阔的湖面、平整的环湖路和湖边的树丛，有种万物生长的新意，冲淡了人去楼空、永别故土的惆怅悲伤。七八年过去了，湖边的树有了浓厚的阴凉，树下的路也有了被脚步磨亮的痕迹，湖边动辄聚拢着几百人散步和快走。饭后去人工湖走走渐渐成为大家的习惯，人工湖有了一种类似于信仰的力量，很多问题都可以在这里解决，诸如疾病、孤单、贫穷、生意、婚嫁、离开。对牛山的父亲而言，沿湖步行是治疗的一部分，两年前中风后他奇迹般地恢复如常，但就此需要适中而终身的锻炼。他有一次缓慢地走了一圈人工湖，数了一下，七千五百步，每一步八十厘米，一圈就是六公里，长度适中。偶尔还可以走两圈，或者，走到断桥再回头，走到省道入口再回头，走到南唐石刻那里再回头。

今天的湖边有点奇怪，放眼望去，只有他们夫妇二人在走，偶尔有一辆车远远地停在湖边，一会又不见了。偶尔有几个学生蹬着自行车在环湖路上出现，又像雪花一样慢慢地融化直至消失。夫妇二人手里拿着雨伞和保温杯，这让他们底气十足。和往常一样，他们从小区后门（南门）走到环湖路上，然后往东走。如果把呈不规则圆形的环湖路看成一个正方形（大致也是如此），他们在路过东北角的断桥、东南角的省道入口和正西面的南唐石刻后，再由西往东，回到小区后门，完成整整一圈。往常走一圈要一个半小时，今天因为担心下雨，他们脚步飞快，精神抖擞，在初春的严寒中看上去有种悲壮，远远的鞭炮声又带来日常生活的喜庆。牛山母亲说：真是形势喜人又逼人啊。牛山父亲反问：你说什么？牛山母亲没有回答，只是微微笑了笑。

他们在下午三点半开始步行，路过南唐石刻大概是四点半，这比平时快了很多。继续由南往北，拐过西北角走上北面的路往起点走去，即将完成一圈。北面的路，由西往东逐渐降低，其实是从一个高高的山坡上一点点走下来，这也是他们选择由西往东的原因：避免了一个差不多一公里长的大上坡。下坡走到一半时，他们站在高高的环湖路上远远望向通往小区北门的天宝路，牛山母亲忽然喊起来：那不是牛山的车吗？他们今天怎么回来了？牛山父亲也看清了车子，几乎看到了车窗后的牛山，于是说道，确实是牛山的车，他是不是回来跟哪个同学吃饭？牛山母亲又看了看说，不管跟哪个同学吃饭，回来怎么不跟我们说一声呢，这个人也真是有意思啊，是不是嫌我们老了，不想理我们。牛山父亲打圆场说：你跟他怄什么气呢，他回来怎么会不跟我们说，大概是想着停下来再跟我们说吧。母亲不依不饶地说，早点跟我们说，我们也好准备一点蔬菜给他带回去给小灯吃，到了再告诉我们一声哪里来得及呢。牛山父亲不耐烦地说，你管他呢，他说不定就是不想告诉我们，他就是临时跑来跟哪个人吃顿饭，这有什么好说的。

你给他打电话！牛山母亲命令道。牛山父亲正要掏手机，迎面突然冒出来一个高高胖胖的人，距离好几米远就冲牛山父母喊：你们还在这里散步啊，成尚龙出来了你们知不知道？两个人吓了一跳，牛山父亲问，他怎么放出来了，不是才两年吗？可能是表现好吧。说话的人踩在自己的声音上颤颤巍巍走到眼前，是牛山父亲几十年的牌友、以前的小学校长赵志明。这一带拆迁后，几个乡村学校撤销，赵志明可以到合并后的中心小学做副校长，但是他太胖了，严重三高，干脆办了退休，每天下午打牌晚上走湖，或者下午走湖晚上打牌，上午他都在家里忙家务，给两个儿子及其老婆孩子们做满满一桌子的菜。赵志明凑近说：成尚龙中午就回来了。好像还去江边放鞭炮。有人看到成尚虎他们扛着几大捆鞭炮，那么多鞭炮要一个小时才能放完。那个车队四点钟开进小区里，在成尚龙父母家楼下停下来，把小区堵死了。我正好出门办事，看到成尚龙从车子里蹦出来，瘦成钢筋了，这么冷的天穿着白衬衫。他站在楼下对着五楼喊，爸爸妈妈，我回来了！一直喊，也没人理他。

牛山父母听得有点紧张，目光投向几十米外的天宝路，上面车来车往，但是没有牛山的车子，想必早就进了小区。赵志明接着说，成尚龙喊了几十声，然后呢，几十个人一起抬头对楼上喊：爸爸，妈妈，我回来了，我回来了。楼上一直没人答应，他们就一直喊。喊了快一个小时了。牛山父亲带着不耐烦的表情问，喊什么喊，直接上去不就行了。赵志明嘿嘿笑了几声说：你忘记成尚龙是怎么进去的了？要不是他老头子亲自去公安局喊人，再把他骗回家，成尚龙怎么可能被抓到呢。赵志明继续说，做父母的都是这样，眼看儿女不好，就让他们走远一点，去学好，真的走了又想方设法非要让他们回来。牛山母亲带着不屑说：事情也不能看一方面，要是成尚龙不坐牢，一直这么野，迟早弄出人命，那抓到就是枪毙。赵志明带着不可思议的表情看了看牛山母亲一眼，对这位老部下的性格脾气他是很了解的，非常硬气，说话很不客气，这让他放弃了反驳的念头，笑笑说：现在应该还在喊呢。你们有兴趣就去看看啊，就在你们家对门。

快到家时，牛山母亲问：牛山会不会是因为成尚龙才赶回来的？牛山父亲嘟囔一声说，不知道啊，谁知道他呢。牛山母亲又问道，刚才我们会不会看错了，我看不见车牌。牛山父亲带着忧愁的表情说：这么远怎么可能看到车牌呢，不过也不会错，牛山的车子那么少，颜色又一样，我还看到油箱那边贴着一个变形金刚，哪有这么巧的事，就是他的车。这个确认让他们更为担忧，转过墙脚，迎面看到二十几号人聚集在房子和车棚之间的空地上，围成两三个圈子，彼此之间有说有笑。一大半的人手上都夹着烟，偶尔一个人一抬脖子，像往楼上扔什么东西似的喊一句：爸爸妈妈开门啊，我回来了，成尚龙回来了。几秒钟后另外的人不甘落后地喊，开门啊，我是你们儿子成尚龙！楼上不仅没有开门，还突然扔下了两个罐头瓶，在水泥地上砰砰两声，里面的汁水和酱料溅得满地都是。这没有把这群人驱散，只是驱散了他们脸上兴奋而得意的笑容。随后，一个大垃圾袋被扔了下来，炸开之后花里胡哨地铺了一大片，还有一些鲜红的汤汁在流淌。所有人都沉默下来，牛山父母也远远地站在几米外，不敢上楼。

在沉默中，雪花飘落，给人一种喊声让雪花飘落起来的感觉，在沉默时被大家发现了。雪花不急不忙，既不美观也不丑陋，是寻常不过的雪花，落在平常不过的几十个人身上，落在小区的屋顶和路面上。在雪花中，牛山父母往前走，准备上楼回家。成尚龙大喊一声：你们让开，让瞿老师他们过去。牛山母亲姓瞿，这句话让她有点得意，报之以李地说：尚龙你们还在这里喊什么，跟我们一起上去吧。成尚龙朗声说：瞿老师你们先走，他们不开门我不能进去，必须是他们开门的，其他人开门不算。牛山父亲问：成尚龙，牛山有没有回来找你？他的语气有些僵硬和隔阂，成尚龙倒也不在意，听到牛山二字，他带着凶狠的表情回答，牛山是我兄弟！说着他几乎要拍起胸脯，只是他戴着厚厚的皮手套，大概不会发出砰响。他重复强调：牛山是我兄弟。其他人毕恭毕敬地听着，脸上露出对不在场的牛山的崇敬。牛山母亲突然不高兴了，指着成尚龙的鼻子说：你不要胡说八道，牛山不是你兄弟，牛山怎么会有你这样的兄弟呢？牛山没有你这样的兄弟。你们看看你们自己的样子，成什么样子了，你们是什么东西？你们除了伙在一起还能干什么，成尚龙你自己说说看，你说！这些话让所有人都沉默下来，每个人的背后都是越来越大的雪，密密麻麻在半空中组成一张立体的网，上下左右都是雪花此前的轨迹，是雪花和雪花之间的空隙，又迅速被另外的雪花填满。它们飘摇良久后奔向地面，即将落地让它们陡然加速，有一种急切和不管不顾，似乎是魂归故里。成尚龙什么都说不出来，他一直害怕瞿老师，从小就怕，如今自己已经可以俯视年老的瞿老师了，可还是害怕。三十年前自己被训斥的画面在三十年后又涌出来，瞿老师的话说来说去无非一句：你到底能干什么呢？成尚龙上前一步，瞪着瞿老师，一言不发，每个人都站在原地，等待成尚龙下一个动作。

　　开始下雪时，牛小灯要开窗，牛山说不行，牛小灯自顾自往下按，牛山不得不锁上后排的窗户。为了转移话题，他大声对牛小灯说：你知道爷爷的爷爷是干什么的吗？

　　牛小灯不高兴地回应说，爷爷的爷爷是谁？

　　就是我的曾祖父。牛山回答，但声音毫无信心，似乎自己没有这么一位曾祖父。他完全记不得自己的祖父，两岁不到时他已经离世，何况曾祖父。而牛小灯和曾祖父构成了前后五代人，他们之间的联系突然变得不真实。在牛山走神的同时，牛小灯主动问：爷爷的爷爷干什么的啊？

　　他是个道士，就是《西游记》里太上老君那种道士。

　　真的啊，哈哈哈，是个道士！牛小灯感慨起来。虎力大仙、鹿力大仙和羊力大仙也是道士，她补充说。

　　牛山哈哈一笑说，看来你真的很熟悉啊，单田芳讲的《西游记》你听了有一百遍吧。

五百遍！牛小灯喊了一声：五万遍！

五万遍就五万遍吧。你知道爷爷的爷爷后来怎么了吗？

不知道啊，他变成什么了？

牛山叹口气说，他什么都没有变，不要以为道士都会变，都是神话，很多时候当道士是因为穷。当道士可以省钱，不用盖房子，有时候还不吃东西。有一天，你爷爷的爷爷自己算了一下，说了句灾难要来了，就自己死掉了。

牛小灯嗯了一声，大概觉得无趣。牛山接着说，有一次你爷爷喝酒喝多了，跟奶奶吵架，正好我放假在家，我就劝他们，然后把你爷爷拖到浴室去洗澡，再把他吐的地方全都收拾干净，奶奶气得在一边哭。你爷爷说，你不要哭了，再哭我只能出家当道士了。结果那天晚上我梦见你爷爷也成了道士，而且会飞，每天吃晚饭前都从山里穿过村子飞回来，跟大家一起吃饭，然后又飞走了。后来我变成他在飞，越飞越高，都快看不见地面了，就吓醒了。说到这里，牛山突然有些心酸，因为父亲中风后已经不能再喝酒，人生唯一前往高处的途径消失了。

快进城时车辆多了起来，开开停停，牛山也变得烦躁犯困，眼睛每眨一下的时间变长，眼皮有种下去再也上不来的沉重。他打开车窗，冷气灌进来，再点上烟，扭头看看牛小灯。她在后座上睡着了，耷拉着脑袋，安全带绑在胸口，整个人斜着挂在椅背上，看着别扭，但倒是睡得很香，五官也焦虑地归拢在一起。杨黎发来一条消息说：陈海洋太着急了。牛山把这这句话读给睡着的牛小灯听：陈海洋太着急了。他接着说，小灯，你还能不能记得陈伯伯？就是每次见到你都凑过来用胡子戳你脸的那个人，有一次你发烧，他一直抱着你的。我想想，最近一次跟他见面是一起去爬山，你应该能记得吧，他一直在唱歌给你听，还跳舞，开开心心的，你反而跑到我面前说不喜欢听，不喜欢听你可以直接跟他说啊。后来在游乐场他带你坐过山车记得吧，我不敢坐，他就带你坐，他说他已经十几年没有玩过了。你后来一直闹着要我带你去玩过山车，搞得像过山车爱好者一样的。陈伯伯已经死掉了，之前没跟你说过，反正你也难得见到他一次，跳楼的……牛山说着，迅速扭头看看牛小灯，睡得不深，疑似听到了自己的话，又没有任何回应。牛山扭头看前面，进出城的高架是最拥堵的一段，走走停停，牛山小心踩着油门刹车，尽量把一停一走控制在轻微的范围内。他继续说：陈伯伯才四十九岁，差一岁五十岁，太年轻了。我刚才说，他就像刚下雪的时候在地上化掉的雪花，不像正常死掉的人。

六点不到，牛山回到楼下停车场，天已经全黑了。雪花在灯光里四散飘零，把灯光冲击得支离破碎，每一片雪花都拖着光芒的残骸。等了一会，牛小灯醒了，第一句话就是：爸爸，给我听故事行不行啊？牛山说，到家了还听什么故事，广播我也不听了。牛小灯带着满脸刚睡醒的不开心看着窗外，见雪花飘扬，就要开窗。牛山解开锁，一阵冷风从脖子后面袭来。牛小灯突然对牛山说，爸爸我知道他们为什么一个说冷一个说暖和了，说冷的阿姨穿着皮夹克，说暖和的伯伯穿着羽绒服。牛山回忆了一下，确实如此，这也提醒他应该回复一下杨黎。他发消息问杨黎到宣州没有。不等杨黎回答，牛山又发一条信息说：今天也不行。随后牛山坐在车里抽烟，不想回家，牛小灯意识不到他是多么畏惧回家，问牛山为什么不下车。太累了，休息一下再上楼吧，你正好看看下雪。牛小灯带着几分遗憾和抱怨说：雪落到地上都变成水了，黑乎乎的什么都没有。牛山哼了一声说，明天早晨应该会积雪，到时候穿好滑雪裤子出去玩。牛小灯说，要是我们现在住在爷爷奶奶家就好了，他们那里车子少，雪多。确实如此，这也提醒了牛山，他拿出手机说：你给爷爷奶奶他们打个电话吧，让他们下雪注意安全。牛小灯有点不情愿地把手机接过来问，为什么要给爷爷奶奶打电话？牛山说，我们每次回来，不都是要打电话告诉他们一声我们已经到家了吗。牛小灯不满意这个回答，提高声音说：今天我们又没有回去。牛山吐出一口烟说：我们不是刚刚回来吗，你就说我们已经到家了，让他们放心。下雪了要注意安全，千万不要摔倒。牛小灯说：我不打，要打你自己打，如果打给外公外婆让我打还差不多。这时牛山的手机响了，牛山拿过来，父亲在那头说：你们回去了？

　　牛山说，刚刚到，刚到停车场。父亲"噢"了一声，又带着几分兴奋说，成尚龙被你妈妈骂了一顿，骂得他扑通一声给你妈妈跪下来了，哭得一塌糊涂……牛山有点疑惑，反问道，妈妈有什么资格骂他呢，他有什么不好，非要什么事都按照她的要求做才好，让她不要再说成尚龙这个不好那个不好了，成尚龙比我好多了。父亲的兴奋在电话那边戛然而止，停顿一会问，小灯呢？牛山回头看看牛小灯，把手机递过去，但小灯缩在座位最边上，摇头示意不想说话。牛山瞪了她一眼，继续对着电话说，她在后排睡着了，一会等她醒了我们就上楼。父亲嘱咐一声，挂了电话。父亲的电话一直都简洁如电报，牛山觉得非常好。他看看手机，杨黎发来一张一大群人围坐在一桌酒菜周围的照片，桌上的酒菜眼花缭乱，他带着双重的恼火对牛小灯喊，你看看，杨黎他们已经坐下来喝酒了，你非要跟我去万松，不然我不也可以跟他们一起去吗，正好他们一辆车坐不下。牛小灯脸色阴沉，哼了一声扭过头去。牛山看了看外面的大雪，觉得自己实在是不应该发作，就柔声对牛小灯说，我跟你说的爷爷的爷爷的故事你还记得吗？

牛小灯说，不记得了，爷爷的爷爷是谁？

虽然没有一个人在走动，但赵怀之总感觉有很多人在里面，否则灯光没有必要这么明亮夺目，何况他还感觉到有人在灯光里一闪而过。

黄栗墅之夜

加了罗从周的微信后，赵怀之第一时间表示感谢，说一定会把"巴蒂"养好，一定把它当成从小养大的，让它成为最幸福的猫。罗从周一直沉默，赵怀之揣测，"最幸福的猫"可能让罗从周难过了，都送给别人养，还谈什么最幸福呢。几分钟后，罗从周发来十几张照片，一看就是"巴蒂"，很多都是它小时候的。随后是一段语音：这些照片先发给你看看，你们再也拍不到它以前的样子了，以后翻出来看看，相当于目睹它从小长大，过程也就完整了。

罗从周的声音有点嘶哑，不知道是因为感冒还是因为伤感。赵怀之回复说：罗老师你想得真周到，我现在就感觉养了"巴蒂"很久了，然后是一个大大的笑脸和一朵鲜花，轻松愉快的架势。

客气完了就要谈正事，怎么交接。赵怀之问，罗老师，你哪天有空，我上门去接"巴蒂"吧。罗从周还是发来语音说，赵老师，按道理我应该送过去，但如果我亲自把"巴蒂"送走，心里会很难过，如果让你专门跑过来又太麻烦你了。要不然我们找个中间点交接一下？在高速公路上的服务区交接可不可以？

赵怀之笑了笑，回复说，罗老师，你知道黄栗墅服务区吧，沪宁高速的一个服务区。这几天你们还可以出城的吧，如果可以我们就在那里碰头。

罗从周说，知道，那个地方挺好的，目前可以出城。他紧接着又说，要不就今天晚上吧，现在是六点半，我们九点钟在那里见面。

这话把赵怀之吓了一跳，他感觉总要等几天才交接，大家再想想，没想到罗从周这么雷厉风行。

赵怀之一边吃饭一边在手机上设置导航，看看多久能到。自己是受馈赠的一方，要提前一点以示感谢。女儿赵绎如突然焦虑起来，"巴蒂"今天就过来？那它睡哪里？和"鳜鱼"能不能处好？会不会和"鳜鱼"谈恋爱，会不会打架？它会不会想家？吃什么猫粮？

赵怀之说，吃什么猫粮罗老师肯定会告诉我，说不定会把剩下来的都带给我，还会把猫砂猫窝都带上，其他问题你就跟你妈妈一起想办法吧，解决不了的以后慢慢来。

他的话让母女二人更为焦虑，家里即将迎来一个新成员，她们却没有任何准备，真像是一场意外。"鳜鱼"倒是一脸茫然，如同往常一样不断往餐桌上蹦，往赵绎如身边凑，脑袋几乎塞进她的碗里，尾巴也不经意扫过菜碟。以往这个时候，赵怀之都会连续拍打桌面，让它从赵绎如的宠溺里清醒过来，不要在吃饭的时候上桌子。今天赵怀之刚把手举起来就放弃了，"巴蒂"来了对它来说不知道是福是祸，就让它为所欲为一会儿吧。

带上茶水、烟和打火机，检查了车钥匙、家门钥匙等物件后，赵怀之去停车场拿车，然后朝城东开去。选择黄栗墅服务区，赵怀之是有点私心的，不仅因为下一个仙人山服务区距离自己有六十多公里，更主要的是，多年前自己经常去外地出差，每次返回时看到黄栗墅字样，哪怕不停，也知道即将要到了，这个朗朗上口的名字成了顺利返程的地标。有一次，赵绎如还小，赵怀之却不得不出差十多天，返回那天也是在深夜，老婆电话问到哪里了，赵怀之兴奋地说，快了快了，到黄栗墅了。老婆苦笑着说，黄栗墅是哪里？赵怀之也愣住了，只知道它是服务区，准确位置倒是一直没有在意，在车上同事的提醒下，赵怀之说，汤山，还有二十公里了，半个小时左右到家。那天回家后，赵怀之蹲在床头看着熟睡的赵绎如，老半天舍不得走开，差点没忍住把她弄醒玩一会。因为这些事，赵怀之总觉得黄栗墅和赵绎如之间有些联系，今晚也算是应验了。之所以答应收养猫，也是因为她喜欢猫，喜欢到痴迷、不择手段、不管不顾的地步，赵怀之觉得过了，也理解这是自己陪她太少以及没有兄弟姐妹等等情况的结果，养猫算是弥补，收养"巴蒂"也算两全其美。

和繁华的日子相比，路上车辆少了很多，上了高速后车辆更少了，视线里偶尔冒出一辆车，像从地上钻出来的。赵怀之喜欢开车时抽烟，但这一路因为陌生和紧张，他一根烟都没有点。终于到了服务区，停车场灯光微弱，很多地方什么都看不清，主建筑里倒是如多年来一样灯火通明，巨大的玻璃窗后面是雪白刺眼的灯光，超市货架上的商品也在白炽灯光中反射着各种颜色的光芒。虽然没有一个人在走动，但赵怀之总感觉有很多人在里面，否则灯光没有必要这么明亮夺目，何况他还感觉到有人在灯光里一闪而过。这让他有些害怕，仔细看了几眼，确实没人，似乎人都化为了灯光。

赵怀之一直往里面开，停好车后，迅速点上烟抽了起来。深深吸了几口后他扭头一看，吓得心脏一阵猛跳，他就站在加油站门口。但赵怀之立刻冷静下来，虽然是加油站，此刻却一辆车也没有，也没有一丝灯光，所以自己刚才完全没有意识到。

赵怀之踩灭烟头，往服务区中央的餐厅方向走了几十米，一边走一边看着入口，几乎没有车辆进来，如果有，很大概率就是罗从周。

十二月的夜晚确实寒意逼人，赵怀之后悔自己没有戴一顶帽子，或者穿一件自带帽子的羽绒服之类。正想着要不要去餐厅里坐一会，一辆轿车亮着远光灯冲到眼前，似乎是冲着自己来的。灯光突然转为近光灯，赵怀之看清了，是一辆大众，罗从周说他开的就是黑色大众。赵怀之往前走去，如果是罗从周，那么自己正好做到了夹道相迎。这时，没有任何征兆，一张年轻而苍白的脸和披肩的长发出现在赵怀之眼前，随即赵怀之看到了深色的嘴唇和挂在胸口微微闪光的项链亮片，在脸、长发、项链的外围是雪白的长款羽绒服，整个人像是由黑暗的一部分演化而来，正好堵在赵怀之眼前，她身上的一部分大概是为了极力摆脱黑暗而用力过猛，显得特别的白。好在，她的目标不是赵怀之，而是小跑着奔向那辆大众。擦肩而过之后，赵怀之才反应过来刚才看到的一切，他扭头追着看，那女人速度惊人，超出了生活必须。更让他惊奇的是，大众车压根没有停，还继续向前开，但女人已经完成了辨认、逼近、开门和上车的全部动作，车子骤然加速朝出口方向开去，在拐弯时又打开大灯，一片光芒闪现，一阵轻微的轰鸣后，灯光、车辆和车窗玻璃后的一个身影全都消失了，像是从未来过此地。赵怀之长长呼出一口气，一时间思绪万千。他往回走，把车子挪到靠近入口的地方——因为几年都没有到过服务区，他刚才停得太靠里，都到了加油站跟前。

挪好车，赵怀之打开双闪，站在车右侧，一边盯着来路一边抽烟。几分钟后，一辆带着巨大音量的黑色越野车突然停在赵怀之眼前，一个光头大汉摇下车窗，同时推开了正在播放的现代古筝乐曲，用方言冲着赵怀之喊：你是赵总吗？

赵怀之吓了一跳，语无伦次地说，我是赵怀之，我不是赵总啊……

你怎么不是赵总呢！那个人居高临下怒吼。赵怀之也疑惑了，自己确实姓赵，但他已经恢复了理智，确实不认识这个人，罗从周也没有说让别人送猫来，就带着几分硬气说，你找谁，赵总是谁啊？

赵总就是赵总，赵昌西赵老板！我来送货，就在车上！那个人自豪地喊，但他也理解了眼前的人不是自己要找的赵总，于是叹口气，摇上车窗，周遭只剩下从车辆缝隙里奋力钻出来的音乐。赵怀之以为没事了，结果越野车一个癫狂加速弹射出去，不到五米又是一阵撕心裂肺的刹车，然后迅猛倒车，却又稳稳地停在了自己车子里侧，随后，也亮起了双闪。

光头跳下车，站在车的左侧，不断做着伸展动作，好像接下来有一场恶战。两辆车，四盏大灯疯狂闪烁着，一边闪烁一边发出轻微的咔哒咔哒声，一辆车咔哒咔哒的间隙里另一辆车及时填补进来。两部车子是一个整体，以闪烁的灯光为标志；因为一左一右都站着一个人，两人两车又构成了一个整体。四盏大灯的光都落在服务区超市的玻璃墙上，玻璃墙也闪烁不停，这又是一个整体；而光头大汉车里的音乐此刻变成了交响乐，雄壮激烈的音乐四处流淌，让这个整体有了一种勃勃生机。

光头大汉一直在低头摆弄手机，赵怀之钻进车喝了两口茶，舒服地叹了一口气，想着是不是把车挪走，但又害怕光头大汉责怪他。这种人可能会无端发作，比如他完全可以堵住赵怀之说，什么意思，看不起兄弟我吗？没法说理。赵怀之想到这里，连双闪都不敢关掉。看看时间，已经过了九点，他顾不得罗从周开车是否安全，打电话问他到哪里了。罗从周带着明显的愧疚说，赵老师稍等啊，我大概还有五分钟，好久没上高速，刚才绕路了。赵怀之会心一笑，又觉得他作为教授，理应把可能绕路的时间也算进来才对。等他钻出车子，才发现光头大汉也回到了车里，音乐立刻变成或动力火车或迪克牛仔的嘶吼，在嘶吼声中，大块头的越野车缓缓开走了，带走了车辆硬朗的身姿、风格多元的音乐和闪烁的灯光。赵怀之嫌冷，就钻回车里，关了双闪，靠在座椅上听着音乐。

罗从周迟了差不多十分钟才到，车子缓缓开进服务区停车场时，赵怀之几乎要睡着了，罗从周按了几次喇叭，赵怀之惊醒了，连忙下车，恭迎是做不到了，但他还是静候罗从周停好车。

罗从周忙了一会才拎着一个半透明的双肩包下车，这是专门给猫外出准备的包，透气，透明，赵怀之看到包的时候想到了一个问题，如果罗从周把"巴蒂"的用品都给留下，自己要不要给他一些钱呢？

罗从周走过来，先是不断抱歉自己迟到了，然后说，赵老师，我们到亮的地方，我给你展示一下"巴蒂"。

赵怀之"啊"了一声，心生疑惑，难道不应该速战速决，免得心里难受吗？但罗从周已经提着包朝服务区餐厅入口处那里走去，赵怀之只得跟着。在雪亮的光线下，罗从周小心翼翼地给"巴蒂"套上带牵拉绳的头套，然后把它放在地上，"巴蒂"对这个陌生的地方有所警惕，蹲在那里，四肢一动不动，脑袋缓缓转动，高贵又警觉。罗从周招呼赵怀之走近说，赵老师，长得不错吧？我们一直喂它牛肉，都是从做牛肉锅贴的老字号里买牛肉馅给它吃，猫粮也正常吃，经常换换牌子。赵怀之对这些事不关心，养"鳜鱼"之前他就和赵绎如谈好了条件，自己一律不管，全部由她负责，哪怕猫砂盆再臭自己都不会看一眼，你要负起全部的责任，像它妈妈一样。

罗从周非常在行地说，现在九点多了，再过一会它就要跑酷了，在家里到处冲到处跑，不知道今天它还来不来得及回家。赵怀之有些不耐烦了，这些事后续都可以通过微信加以介绍，介绍的过程也会给罗从周莫大的安慰，似乎猫还在，没必要蹲在这里讲解。但为了不失礼，赵怀之还是问了句，它为什么叫"巴蒂"？

罗从周说，我最早看足球就是看巴蒂斯图塔踢球，在佛罗伦萨时期，我超喜欢他，家里一直贴着他的大幅海报，现在家里还有，还用镜框给裱起来了。它从小就特别喜欢玩球，还喜欢扒海报上巴蒂脚下的足球，肯定是扒不到了，但每天都要趴在那里挠几脚，我儿子就叫它"巴蒂"。

它喜欢玩球？赵怀之问，我家"鳜鱼"见到足球像见到鬼一样，我有次拿球踢它，它就横着飞出去了，尾巴全炸了。说到这里赵怀之想笑，又没好意思。

罗从周说，喜欢，它喜欢玩球，我现在早就不踢足球了，家里有个旧的足球给它玩坏了，还专门买了一个新的，欧洲杯正品足球，贵得很。我还拍了很多它玩足球的视频，非常有意思，我问过不少人，确实很多猫都不喜欢足球那么大的球。

赵怀之突然间疑惑了，罗从周说拍了很多"巴蒂"玩球的视频，但没有发给自己看的意思，似乎自己不配看。他站起来说，罗老师，具体细节以后再问你，要不今天我先把它带回家啊，在外面时间长了也不好。

罗从周缓缓站起身，过程漫长，以至于他的身体呈现出惊人的柔韧性和稳定性，让赵怀之觉得他此刻就是一只猫。罗从周背对着灯光，面向赵怀之说，赵老师，实在是不好意思，"巴蒂"我不能送给你养了，刚才之所以让你看看它，也是弥补一下我食言的过错。

赵怀之嘴巴动动，什么都没说出口。罗从周接着说，我是真心想把它送给你的，我们那里是太紧张了，小区里的流浪猫全部不见了，遛狗的人也基本没有了，所以我下午开始特别焦虑。但是我忘记了一件事，就是和儿子沟通。晚上我跟你联系过后，就收拾东西打算一起带给你，他上完网课，知道这件事，立刻就炸了，死活不让我送。他在家里跟我发疯，冲着我喊，死也要和"巴蒂"死在一起。

我什么道理都跟他说了，怎么讲都不行，说不动。赵怀之有些动容，难免想到，如果"鳜鱼"在同样的处境下，赵绎如会怎么办，自己会怎么办。罗从周又说，最关键的是，儿子一直吵，阻止我收拾东西出门，抱着猫躲在房间里，后来他越想越生气，竟然拿着菜刀冲着我吼，说我不负责任，没有担当，不是好爸爸，拿刀背砸桌子，砸门，结果邻居全都出来了，而且他们都表示愿意帮我们照看猫。说实话，我以前都不怎么和邻居打交道的，感觉都是陌生人，一天一次面都见不到，但想不到有这么多邻居，据说隔壁单元也来了几个人，有一个是和我儿子在楼下一起喂流浪猫认识的。我更想不到他们都和我儿子态度完全一致，都愿意帮忙照看。

赵怀之说，太好了！一开始接到电话，我是很兴奋的，但后来也有点担忧，毕竟"巴蒂"两岁了，换个地方能不能养好也不知道，既然这样那就没问题了。赵怀之顿了顿说，其实罗老师你打电话跟我说一下就可以了，不管几点钟告诉我都没事，你儿子是对的，要尊重他的意见，没有必要把"巴蒂"带出来，把它折腾得够呛啊。

罗从周笑笑说，就是带出来给赵老师玩玩啊。

赵怀之心里骂了一句，笑着说，罗老师你也太客气了，玩猫去店里就是了，什么品种都有。不早了，我们回去吧，拜拜拜拜。

赵怀之转身朝车子走去，想想，还是去上个洗手间、加点热水。这时他发现罗从周还站在自己车子旁边，明显在等自己。他笑笑说，罗老师还没走啊，我去加点热水。

罗从周说，赵老师，我要请你吃个饭，表示一下感谢，如果不是你答应养"巴蒂"，我儿子不可能大吵大闹，他不闹，我都不知道我有这么多邻居，更不知道邻居都愿意帮忙。说实话我以前对邻居有些不屑一顾，基本上都是自顾自过日子，比较封闭自大，这次实在是出乎我的意料。我要感谢赵老师，是你帮了我很大的忙。

赵怀之很担心他再说下去会说到重新做人什么的，连忙说，吃饭没问题，下次你来，我们叫上大家一起。说完他拿上茶杯，身体也努力做出内急的姿势。

我想现在就请赵老师吃个饭，去附近镇上。

赵怀之愣了一下，现在？

对啊，就现在，赵老师你晚饭肯定没吃好，我们找一家土菜馆，好好吃点。

今天太晚了，也不能喝酒，要不改天吧，你早点带"巴蒂"回去啊，你儿子估计很紧张，怕你嘴上答应不送走，结果又送给我了。

这个我不敢，真送走的话，他会把家给砸了。不要改天了，现在这个样子，实在不知道什么时候能聚啊。今天的事是我不对，不请你吃个饭我实在过意不去。

罗从周说得诚恳，也有些悲伤。赵怀之问，很多饭店都关了，时间又这么晚，有地方吃饭吗？

没问题，镇上的饭店生意都好得很，都是本地人在吃。我知道附近有一条街，几家饭店都很熟悉。赵怀之发现自己实在没办法拒绝，深夜不回家也很让人向往，就答应了。

于是，几分钟后，两部车，两个人和一只猫，驶出服务区，在高速上开了几公里后右转出高速，朝一个小镇开去。

他们在一家叫"庆和土菜馆"的饭店门前停下来，穿过由香肠、咸鹅、猪肉组成的一面墙走进店里。里面挺热闹，甚至让赵怀之觉得温馨，既没有人声鼎沸那种拥挤，又满满当当看着心安。老板招呼他们在一个四人座的卡座坐下来，两个人相对而坐，"巴蒂"被罗从周放在沙发凳的里面。罗从周没看菜单，和老板商议着点了四个菜，腊味合蒸、湘西外婆菜、白灼菜心、蛇肉炖甲鱼，他扭头对赵怀之说，这是他们家的特色，来这里就为了吃这个的。

赵怀之说，要不要给"巴蒂"点个吃的？

老板伸头看了看猫笼，对罗从周说，它喜欢吃什么，牛肉还是虾子，还是鱼？

家里一般给它吃牛肉馅。

那我弄几片清水牛肉，切碎一点，不要专门点菜了。猫可以放出来，我们店里以前也有一只，最近怀孕不来了。

"巴蒂"被放出来后还是很紧张，极为小心地观察着周围，身体蜷缩着不敢往前，罗从周也不多管，随意地在它脑袋上抚摸几下。随着它的牛肉和别的菜一道道上来，"巴蒂"胆子也大了一点，从凳子上跳下来，大概想四处看看，罗从周把它拽了回来，然后自己往里面坐了坐，让"巴蒂"蹲在靠外的凳子上。赵怀之表示欣赏地看了看"巴蒂"，问道，要不要把绳子给它套上。

在室内不需要了，它不会乱跑，脾气很好。

旁边一桌，一个和赵怀之并排、穿着紫色毛衣的女孩正在和对面的男人说话，听上去在讨论调动工作、编制之类的问题，赵怀之心想，这个世界哪来这么多的编制。这时女孩余光瞥到了"巴蒂"，立刻跳了过来，在跳跃的过程中她喊了句，好漂亮的猫！然后把脸凑到猫脸跟前，赵怀之觉得在哪里见过她，又不敢多看她，旁边那个黑衣服的男人正脸色阴冷地盯着这边。女孩对周围的人全不在意，包括猫主人罗从周，只是不断抚摸"巴蒂"的脑袋，手法温柔娴熟，她一边撸一边把"巴蒂"从凳子上抱到了桌子上，又飞快地一扭身拿到自己的手机，对着"巴蒂"连拍了很多张照片，赵怀之微微往后欠身，不想被拍进去。这时他想起来了，长发，闪亮的大项链，暗蓝色的嘴唇，紫色的眼影，雪白的脸，还有堆在座位上的白色羽绒服，就是停车场见到的幽灵一样的女的，那么那个男的，就是开车的人了。赵怀之带着几分放肆看了看那个男的，他正低头看着手机，侧影确实和服务区见到的很像。

　　就在赵怀之确认了这个女孩时，罗从周主动对女孩说，它叫"巴蒂"。女孩笑了笑，似乎不太在意，然后用手搂住"巴蒂"的脑袋，想和它来个合影，"巴蒂"叫了一声，赵怀之不知道这是兴奋还是生气，但"巴蒂"在叫了一声后，跳下了桌子，在饭店里溜达起来，女孩猫着腰跟在后面，嘴里不断地叫着，喵喵，喵喵。

它叫"巴蒂"，罗从周大声说。

女孩有点吃惊地扭头看看他，又转身喊，"巴蒂""巴蒂"！但"巴蒂"不见了，女孩随即大喊，猫呢，小猫呢，谁看到猫啦？

罗从周大声说，它不是小猫！然后也站起来看看情况，饭店里时刻有几个人走动，进门出门、上菜如厕之类的。女孩和罗从周视野里都没有猫的影子，两个人都紧张起来，对着十几桌的客人大喊，有谁看到猫啦？

一只美短！罗从周大声补充。因为天气很冷，饭店的大门是关着的，这让罗从周稍微安心一点，弯腰在各个角落里看。一个保洁大婶推门进来，对着门口处吧台后面的人说，刚才有一只猫冲出去了，正好有一个人推门进来，猫像飞一样蹿出去了。

罗从周听到几个关键字，几步跑过来问，是不是一只美短？

什么美短。大婶说。

罗从周反应过来，一时间不知道怎么形容"巴蒂"，带着疑惑说，就是身上黑毛白毛都有的，两种毛混合在一起的。

女孩凑过来说，不要跟她说了，刚才跑出去的肯定是"巴蒂"啊，我们赶紧出去找吧。

说着她不顾没穿外套，走到了明暗交替、杂物堆积如山的饭店外面，罗从周也跟着走了出来，随后是跟女孩一起的男人，赵怀之叹口气，跟在大婶后面也走了出来。

大婶指着外面空荡荡的路面说，刚才这里停着一辆车，还放着古筝的曲子，车后排门开着，我看到猫跳上去了，一个光头关上车门，把车子开走了。

罗从周和女孩同时大叫一声，啊！然后跳到路面上东张西望，罗从周又大声问大婶，你看到朝哪个方向开的？

车头朝哪边？女孩问。

朝这边，大婶往右指指，右边是哪里大家也都不知道，或者说，右边地方太大，是任何地方。

赵怀之说，快问问老板认不认识刚才的车。

几个人朝饭店里跑去，赵怀之站在一侧，想了想，又大声喊了一句，问问这里有没有一位赵老板在吃饭，这个车子是给赵老板送货的。

赵怀之回到店里，左右看看，不见罗从周的身影，就拿上外套和茶杯直接走了。离开前他看了看桌子上的菜，有些不舍，确实好吃，好吃到让人觉得今后很难再遇到的程度。他觉得罗从周应该能理解他，自己帮不上忙。以后如果联系就联系，如果不再联系就不再联系吧，相当于这些菜，这家饭店，也相当于"巴蒂"。

赵绎如打电话问他到哪里了，怎么还没到家，我都要睡觉了。赵怀之说，我把晚上的事情从头到尾跟你说一遍吧，等于睡前故事了。赵绎如不想听，赵怀之说，你一定要听，因为事情跟你想象中不一样。

赵绎如只得听起来。说到服务区超市里灯光明亮，一个人都没有的时候，赵绎如插嘴说，柯南里好像有这样一集。赵怀之没理她，他自己没看过《名侦探柯南》。说到女人钻上轿车时，赵怀之有些犹豫，赵绎如还不能理解男女这样见面意味着什么，但还是说了，赵绎如一阵冷笑，大概是化解似懂非懂的尴尬。说到光头，赵绎如笑起来，反问道，你怕不怕？赵怀之说，怕，如果眼睛不近视我就不怕，我上初中的时候成天打架。赵绎如切了一声。

说到猫不送了，赵绎如大叫起来，连着怪叫了几声，一个劲地说，什么鬼！赵怀之笑着说，不送不是挺好的吗，大家还是老样子，"巴蒂"也不会有事，我也是觉得奇怪，电话告诉我一声就可以了，还非要跑来。然后他说去吃饭时，说到遇到了那个停车场的女人，说到了猫跑到饭店外面，跳上车不见了。

不见了？赵绎如在那边喊起来，然后开始嘀咕，真是有病，非要带出来，好好的猫不见了。随后她发出一声悠长的哀号，引得她母亲都跑来问怎么了。

赵怀之等那边安静了，对赵绎如说，没有没有，没有丢。他们回到店里问老板认不认识刚才的人，有没有赵老板在吃饭，光头不是说要给赵老板送货吗，又停在这里，而且车门开着，很可能就是和赵老板碰上头了。

然后呢然后呢？赵绎如继续喊着，声音不大，但感觉特别悲伤，她大概正在摸着"鳜鱼"，但心里希望世界上每一只猫都不要出事。

我不是说了没有丢吗，不然我怎么回来了呢。没几分钟，一辆车子放着巨大的音乐停在前面，吵得饭店里的人全都听到了，然后那个光头怀里抱着"巴蒂"站在门口，气势汹汹，不知道是生气了，还是物归原主让他得意扬扬，像个大英雄。

赵绎如哈哈大笑起来，大概也在想象那个画面。赵怀之继续说：只见光头大喊一声，这是谁家的猫啊！跑到我车上来了，我车子上面又没有老鼠！他说得气势汹汹，又很像撒娇，还大喊一声：老板……